O Conto da Libélula

Edson Brasil Castro

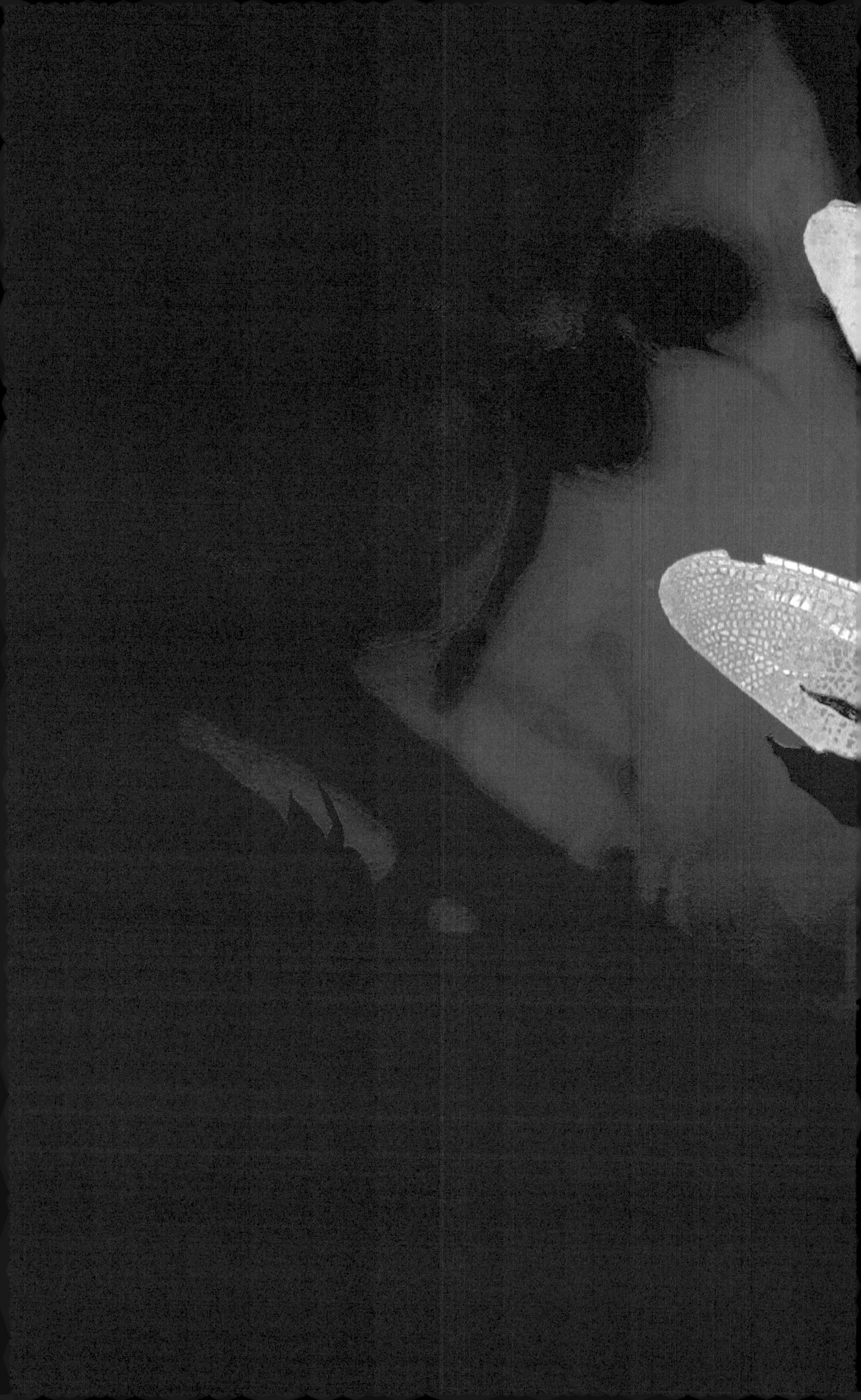

O Conto da Libélula

Edson Brasil Castro

2ª EDIÇÃO REVISADA

Diagramação / Libelula25Editora
Capa / Tiago Lopo e Jamili Cruz
Revisão e preparação de originais: Edson Castro

C355o

Castro, Brasil Edson

O Conto da Libélula /Edson Brasil Castro. 2ª Ed revisada/ lethos 2021/ 136 pgs.

ISBN. 978-65-00-09901-0

1. Contos Brasileiros   1. Título

2. Ficção   2. Literatura Brasileira

CDD B869.3

 @edsoncastro_compositor

 www.facebook.com/edson.brasil.961

Sumário

Dedicatória

Dedico este livro aos meus pais que me formaram, forjando muito do homem que sou. Aos meus irmãos que também contribuíram em minha formação. À minha filha, que com seu amor me faz seguir em frente. À minha esposa Graça que tem sido uma benção em minha vida. Aos meus amigos e leitores que sabem de sua importância em minha vida.

Agradecimentos

Agradeço, à minha amiga Marta Silva que me incentivou a voltar a escrever e às suas irmãs; Maria Inêz e Nezica, que me apoiaram durante a escrita do conto que dá nome a obra.

Agradeço ainda ao site: www.freepik.com e ao fotógrafo Javier Sánches - @javi_indy - que gentilmente me cederam a fotografia para a capa e às amigas Dardane Ávila e Taiza Gabrielly, que se empenharam em me oferecer as ilustrações aqui impressas.

Prefácio

Nada na vida humana é mais impactante do que a própria vida, e, por mais óbvio que isso possa parecer, digo que em nenhuma obra, exceto por algumas poucas exceções, o leitor encontrará o real espectro de humanidade, simples, complexa e tão amplamente ancorada na dicotomia e contradições quanto ao analisar os personagens vivos de nosso cotidiano, desses que são encontrados em qualquer esquina. E é justamente nesta singular simplicidade que se encontram os personagens de Edson Castro que, por sua vivência, tendo percorrido mais da metade dos estados brasileiros desde 1989, escapa de possíveis bairrismos e explora as contradições do ser humano em uma obra envolvente, que mistura erotismo com autodescoberta, poucas vezes tão bem costurados. Nessa obra, a história é construída através do traçar de linhas ácidas e, ao mesmo tempo, não desprovidas de ironia. Longe de ser uma obra moral, o autor betinense procura impingir ao seu traço algo para além do humano. No intrínseco da racionalidade aparente, a história contada neste livro explora uma personagem livre, ansiosa, humana e impulsiva, que converge seus desejos com naturalidade, embora, para muitos mortais, possam parecer distantes de suas possibilidades, seja por suas crenças ou por falta de coragem.

Roberto Prado

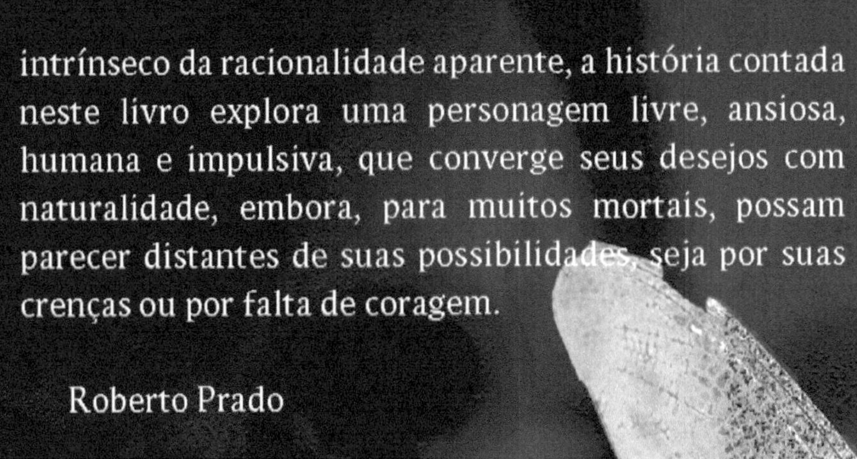

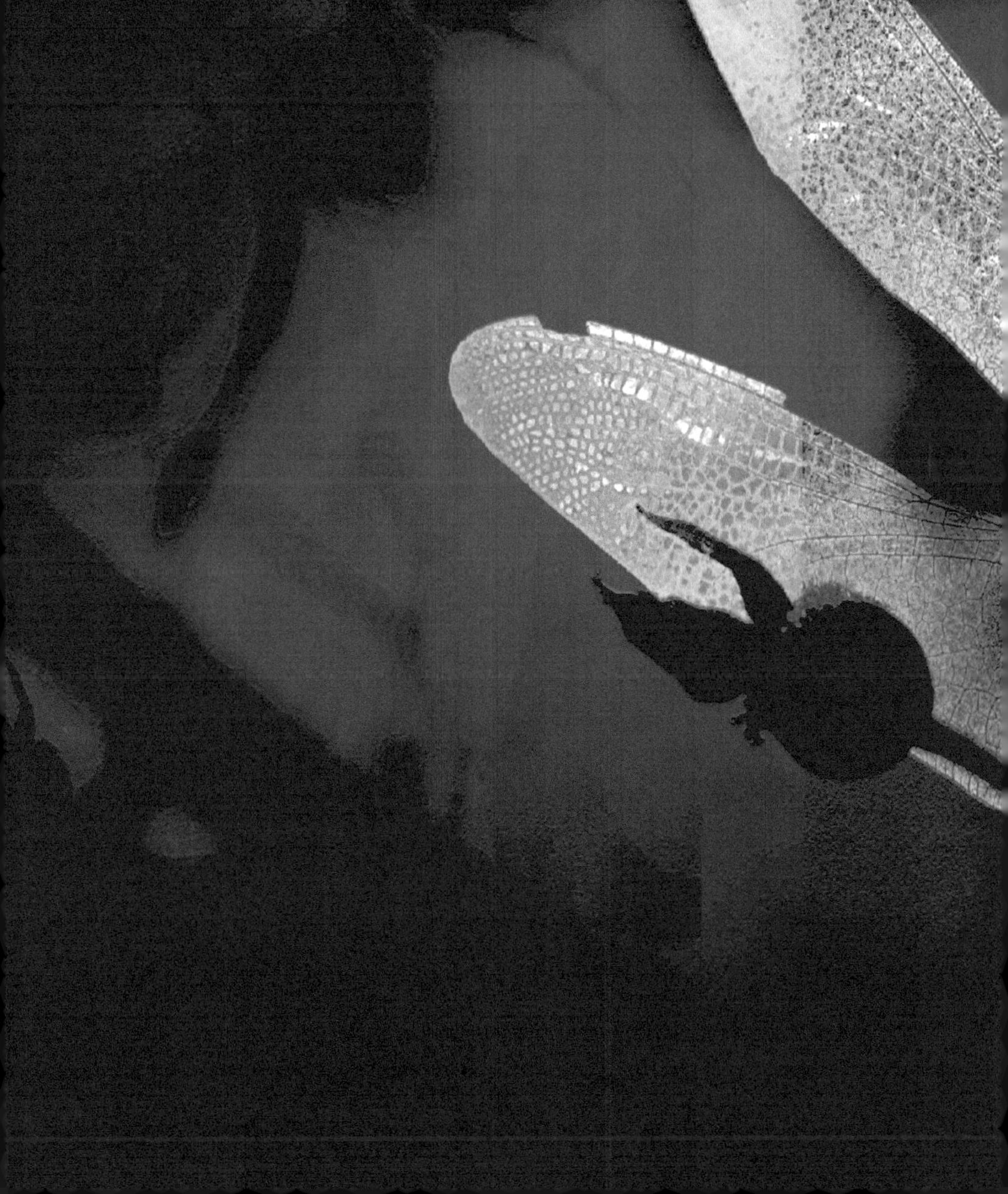

Despertar

Meu nome é Adriana, "Dri" para os íntimos. Em meio da década de 80, eu completava quinze anos, e minha única preocupação era concluir o ano letivo sem ter que passar pela temível recuperação.

Passava os dias a sonhar com o baile de formatura

— Ah, tempo! Como gostaria de voltar para aquela época, em que a vida me era mais simples, e o futuro ainda me sorria como um campo em flor, a desabrochar. Mas o tempo não volta. Não é mesmo?

Minha primeira experiência sexual foi aos treze anos, com uma prima mais velha — não passaram de alguns beijos e carícias. Mas ainda assim, foi o suficiente para me encher de remorsos

— Hum!... Engraçado, não é? Como o sexo nos perturba a moral. Me senti tão culpada que passei por dias a fio me penitenciando com rezas e jejuns, e não digo isso para tentar despertar qualquer sentimento conciliatório. Isso de forma nenhuma. Apenas conto minha história, e pretendo fazer isso sem me esconder de mim mesma no processo.

A segunda vez, também foi com uma garota, um ano depois. Mas, até penso que às mulheres é permitido, para não dizer incentivado, este tipo de comportamento, ou experiências — os homens são tão ávidos, não são? Me pergunto quantos de vocês já se pegaram tendo sonhos molhados com esse tipo de coisa... De qualquer maneira, não vem ao caso...

Jaqueline era seu nome, e era minha colega de classe. Seu pai era Engenheiro Civil e estava como responsável na construção de uma ponte, o que exigia que ele ficasse por dias longe de casa, e sua mãe era professora. Jaqueline, ou Jaque, ficava sozinha na maior parte dos dias; especialmente nas tardes das segundas, quartas e sextas-feiras, horários em que sua mãe dava aulas no período vespertino.

Ainda consigo me lembrar de chegar à casa dela, na tarde daquela quarta-feira. Era a primeira do mês de setembro, a segurar meus livros e cadernos, pronta para o trabalho de escola que precisávamos fazer juntas.

Entre uma página e outra, falávamos das meninas que tentavam impressionar na quadra de vôlei, ou das pernas cabeludas do cara fofo, da oitava série. Como seria o beijo dele? Perguntávamos. E, como se tivéssemos toda experiência do mundo, dizíamos qual seria o melhor jeito para se beijar. Falávamos sobre a posição dos lábios, se o beijo deveria ser mais seco ou mais molhado, e sobre a posição e movimentos de nossas línguas. Eram coisas que toda garota do interior no auge da adolescência, ou talvez, todas as garotas gostam de imaginar, quando sozinhas, ou quando estão com as amigas.

— Não se assuste, todos fantasiamos com o sexo, ainda que na maioria das vezes seja um ato solitário.

Foi em um desses momentos, que Jaque enfiou o dedo em um frasco de geleia que estava em cima da mesa e passou nos meus lábios, como se fosse um batom. Antes que eu pudesse protestar, ela mergulhou o indicador novamente na geleia e o enfiou na minha boca, dizendo:

— Chupa devagar, como se estivesse beijando. Vamos fingir que o dedo é a língua do Marco — o tal carinha da oitava série. Eu quis mostrar meu conhecimento no assunto e comecei a chupar e a lamber como ela disse, quando ela quase gritou: — Chupa este dedo como se fosse o caralho dele.

Eu quase entrei em colapso, não estava acostumada com esse tipo de linguajar. Em minha casa existia um rígido código de moral e palavrões eram tabus que nunca eram quebrados. Palavrões e expressões chulas nunca eram pronunciados, mas, por algum motivo que não saberia explicar, acatei ao comando dela. Talvez pelo choque inicial, e, sem saber se estava fazendo da forma correta, me pus a desenvolver uma performance. Jaque lambuzou sua própria boca com a geleia e passou então a me beijar, em um frenesi louco.

Sua boca era doce e suave. E dessa vez, ao contrário da culpa que me havia corroído com a prima Carla, a sensação que me dominava o corpo e os sentidos era quente. Excitante, ao ponto de arrepiar-me a púbis e fazer tremer as pernas. Nossas mãos passeavam com calma e delicadeza no corpo uma da outra. Sem pressa, eu sentia aqueles seios pequenos e duros roçando nos meus. Senti que estava trêmula, mas seu toque suave, sua pele macia, me convidavam a continuar.

Enquanto ela me beijava, tirei minha blusa, oferecendo à sua boca os bicos cálidos de meus seios juvenis; ela de pronto se pôs a chupá-los alternando entre uma sucção agressiva e um passar de língua suave, passava a língua nos bicos como se fossem o mais fino doce de leite. Eu não sei com exatidão o que comecei a experimentar quando senti seus dedos afastando minha calcinha e tocando minha vulva, fabulosamente molhada a esta altura.

Os dedos dela fizeram com que a luz do dia se apagasse e me entreguei de corpo e alma àquele instante, que pareceu durar horas. Eu gritei quando ela substituiu os dedos por sua língua, e com movimentos dignos de uma serpente me levava à loucura. Eu chamei por seu nome. Pedi que parasse e também que não parasse. Eu gemi e chorei, ri de forma ensandecida ao ouvir uma música tocada em minha própria mente e que não podia ser ouvida por mais ninguém — ela me possuiu até a última gota que deixei escorrer. Eu não sabia ou imaginava, que a gente fosse capaz de se molhar tanto. Eu nem sabia como era a sensação de gozar e eu gozei em cada centímetro do meu corpo. Para mim, a partir daquele dia, "culpa" passou a ser apenas mais uma palavra do dicionário.

Nossos trabalhos escolares se estenderam por todas as quartas, e por algumas segundas ou sextas, até o final do ano letivo, e sempre descambando em ardentes experiências carnais. No ano seguinte, o pai de Jaque foi transferido para São Paulo e ela se foi, me deixando perdida sem os prazeres aos quais ela me habituara. Assim foi o início e o fim da minha experiência lésbica, e apesar de não ter desenvolvido por ela algo próximo de paixão, sem dúvidas senti saudades. Eu sabia que depois de ter surgido em minha vida um dia partiria. Como mulher, ela entendia onde a minha mulher se escondia dentro de mim e me ajudou neste processo de compreender as mudanças que aconteciam no meu corpo, em minha mente e em minha alma. Foi dessa forma que a mulher que passei a ser, aflorou. Isso não ocorreu apenas pelo prazer que ela compartilhava comigo, foi um processo complexo que eu absorvi em doses homeopáticas a cada segundo que convivi com ela. Hoje, apesar dos anos corridos, eu ainda não sei explicar direito.

Tentativa Do Primeiro Voo

Bem, é possível que eu tenha iniciado afoita demais para contar minhas histórias e não expliquei o que se passava no mundo e ao meu redor naquele momento, afinal, 1985 não fora marcado apenas pelo baile dos meus quinze anos. Dois anos antes, dois cientistas identificaram o vírus da AIDS, a doença que assustava a todos naquela década; em 1984 vimos nascer o primeiro bebê de proveta no país; Anna Paula. Eu queria ter um nome como esse, mas, para minha tristeza, fora o meu desafeto do clube que o recebera em seu batizado e dela eu não voltarei a falar — ou espero não o fazer, veremos... Vivenciamos um movimento que pedia eleições diretas e fim do regime militar, o que acabou acontecendo no janeiro de meus quinze anos, com a eleição de Tancredo Neves para a presidência. Meu pai ainda hoje jura que ele foi assassinado para que o vice, José Sarney, assumisse. Eu nasci nos minutos iniciais do primeiro dia de primavera. E, desde que me entendo por gente, meu pai espalhava pelos quatro cantos, e ao sabor do vento, que eu era uma borboletinha que havia levado comigo a primavera ao chegar à sua casa. Eu era seu maior orgulho; logo acima do grande orgulho que sentia por ter acompanhado a Copa do Mundo que aconteceu no México, assistindo ao tricampeonato brasileiro. Ele havia comprado uma TV especialmente por causa da competição. Em meio a chiados e imagens turvas, recebia os vizinhos para juntos gritarem "Brasil!", e assim começavam os anos do "Brasil que vai pra frente".

Passei seis meses namorando "um carinha" que era dois anos mais velho e frequentava o mesmo clube nos finais de semana. Eu seguia os dias da semana contando as horas para que eu pudesse vê-lo. Nós conversávamos e nos beijávamos, era o que nós chamávamos de "amasso" no instante de contar para nossas turmas. Acabei prometendo que me entregaria a ele na festa do meu aniversário. Naquela época era dessa maneira, para perder a virgindade tinha que ter dia e hora marcados. Imagine a tensão e o medo que eu sentia à medida que 23 de setembro se aproximava; as fantasias que eu criava, os sonhos que eu nutria. Seria o meu momento conto de fadas. Grandes acontecimentos antecediam grandes expectativas, era o que eu pensava. Todos os detalhes já haviam sido arquitetados, enquanto eu via os primeiros episódios do Chaves na TV, ou quando a agulha do toca-discos quase furava o disco dos Titãs; de tanto que eu o repetia "Não posso mais viver assim ao seu ladinho / Por isso colo o meu ouvido no radinho / de pilhaaaaa..." que, eu alternava substituindo pelo Agepê; "Faz de conta que sou primeiraaaa...", tipo isso. Enquanto meu pai me chamava de borboletinha, eu experimentava ser uma libélula, cada vez mais desejosa de carne. Ainda que fossem apenas desejos, eles se tornavam mais fortes e presentes no meu cotidiano. Passei toda minha infância acreditando ser uma borboleta, quando e por que comecei a me sentir uma libélula? Não sei ao certo, talvez tenha apenas nascido assim, mas, bom, há o momento de metamorfose.

Meu vestido para a festa estava pronto dois dias antes, o que, para mim, pareciam os 45 minutos do segundo tempo de uma partida desesperada. Simone era a minha nova melhor amiga e suportava meus ataques de nervos como a criança que compra pão na padaria e espera ganhar da balconista uns doces de mimo. Minha mãe, dispersa como em todos os dias do ano, continuava inabalável, não mudaria por minha causa, é claro. Aliás, eu sentia que ela começava a me ver como uma rival que seria capaz de tirá-la do trono da mais bonita da família. Como era estranha a forma como ela agia comigo. Suas palavras ríspidas, sua falta de apreço com minhas preocupações, sua alienação para com todos os afazeres da casa. Acredito que meu desejo cada vez maior de ser possuída tenha sido desencadeado devido a estes sentimentos em relação a minha mãe. Não posso afirmar, a única certeza que eu tinha, era o desejo de me sentir como uma mulher e, de preferência, sair logo de casa. E por falar em rivalidade, não vai ter jeito, vou ter que falar da tal Anna Paula — não a da proveta, mas a do clube. Por que você acha que ela era meu desafeto? Claro que tinha a ver com o Felipe. Ela o rondava cheia de graça, oferecida como uma cadela no cio e eu me queimava de ódio.

Era véspera do meu aniversário e tudo em casa parecia igual, eu queria acreditar que isso se devia aos preparativos terem sido entregues aos cuidados da melhor empresa de festas da cidade. Pela tarde, sem querer, escutei minha mãe falar ao telefone; ela estava tendo um caso e meus pais estavam prestes a se separar, foi o que concluí. Depois ficou claro para mim que eles apenas estavam esperando que meu aniversário acontecesse para que ficassem livres desta obrigação social que eu os impusera sem ao menos perceber. Eu chorei, e pelo meu rosto afluía a dor em lágrimas de minha alma jovem e imatura.

Todos, inclusive a Simone, acreditavam que minha tristeza e aparente desespero eram crises de menina se transformando em mulher. Eu não podia contar a ninguém, nem mesmo a minha melhor amiga. Como eu iria dizer "minha mãe tem um amante" ou "acho que meus pais vão se divorciar"? Sabe como o divórcio era visto naquela época? O baile começou às nove da noite, no melhor clube da cidade, salão cheio, muitos presentes de vários tamanhos e formatos.

Felipe estava elegante, bela roupa, cabelo impecável, mas o rapaz começou mal ao me dar um perfume de presente — eu teria preferido um bichinho de pelúcia. Dançamos. Eu tentei dar atenção aos parentes e amigos, disfarçando minha ansiedade pelo que esperava acontecer em determinado momento daquela noite. Eu não bebia. O máximo que já fizera fora bebericar um champanhe e uma taça de vinho. Mas, como se precisasse de coragem para enfrentar aquele momento, recorri ao álcool; experimentei cerveja, uísque e vodca com refrigerante de laranja. Pelas tantas, Felipe me puxou de lado e disse "é agora". Faltaram forças nos meus joelhos, o salão parecia girar e, com a intensidade de uma decisão já tomada, segui com ele para o estacionamento.

Ele havia estacionado o carro do pai em um local mais afastado, era uma banheira que atendia pelo nome de Landau, enorme como um apartamento dos dias de hoje. Éramos desajeitados e a falta de experiência de ambos se mostrava um grande empecilho. Nos beijamos por vários minutos e ele mais me massageava do que fazia carícias. Me apertava como devia fazer com seus travesseiros. Tomou meus seios em sua boca como se estivesse sedento após dias a caminhar sob o sol escaldante do deserto. Temendo ficar marcada por hematomas, tive que pedir para ele parar de beijar meu pescoço com tanta força. Por fim, ele baixou as calças e pude ver o que ele tinha bem duro para mim e era aquilo o que eu queria, era por aquilo que eu esperava. De forma absurdamente desajeitada, ele tentou me penetrar. Tive temores que fosse doer ao ponto de ser impossível voltar para a festa, mas antes que algo acontecesse comigo, o cara gozou. Sujou minhas pernas e depois descobri que ele também sujara o meu vestido. Aquela "coisa" dura que eu queria se tornou um objeto flácido, horroroso. Amaldiçoei aquele rapaz, sua estupidez, meus desejos e tudo o que pude pensar naquele momento.

De volta ao salão, tomei o cuidado de me sujar com o glacê do bolo e fazer um escândalo culpando Jorge, o menino gordinho que todos na rua tinham o prazer em culpar por tudo. Enquanto eu fingia estar zangada com ele, o pobre garoto chorava jurando inocência.

Minha primeira experiência com um rapaz tinha sido um desastre. Mal sabia eu que, mais tarde — e para minha sorte, hoje reconheço isso — o indivíduo que não conseguira me penetrar engravidaria a Anna Paula. Se casaram e ele já fez alguns trabalhos na piscina da minha residência, sem me olhar nos olhos e me chamando de Dona Adriana. Coisa do destino. Lá nos anos 80 eu ainda estava tentando lidar com minha frustração e com o fato de minha mãe estar traindo o marido. Ao sair de casa poucos dias após meu aniversário, senti confirmada a minha suspeita, ela apenas estava esperando passar aquela data para fazer isso.

Para muitos, pode parecer estranho que eu não percebesse nada antes, mas casais sempre discutem. Brigas podem ser normais em muitos lares e essas são amostras de que algo não está indo bem, ocorre que em minha casa não era assim. Meus pais nunca brigavam na minha frente; apesar de eu notar em alguns momentos que eles não se falavam muito ou que meu pai dormia no sofá. Isso era tão raro que era mais natural que eu pensasse que ele adormeceu assistindo televisão ao invés de cogitar que eles estivessem evitando dormir juntos. Os dois tinham gênios muito diferentes, ele era carinhoso, alegre, contava piadas e era romântico — um sonhador, como ela dizia. Uma vez a ouvi chamá-lo de 'bobo da corte' durante uma conversa com minha tia. Ela era rabugenta, estava sempre resmungando e de mau humor — eu nunca havia parado para pensar se ela tinha motivos para ser assim. Em um assunto, no entanto, os dois comungavam da mesma opinião: me manter à parte dos problemas conjugais deles.

Minha mãe não me explicou muito bem o que se passava; disse, com poucas palavras, que precisava de novos rumos, que a vida dela estava parada e que eu já tinha idade para entender. Sem demonstrar muita convicção, pediu que eu cuidasse do meu pai e fechou a porta atrás de si, feito uma gata que rejeita sua ninhada. Virando a esquina com um andar majestoso, digno dos desfiles da grife Armani. Setenta dias depois fiquei sabendo, por um dos meus primos, que ela estava morando em Curitiba. Alguns dias mais, recebi uma carta de poucas linhas em que ela me explicava sobre a importância de tomar decisões corajosas ou algo parecido... Não lembro bem, mas na parte de trás do envelope havia um endereço que confirmava a fofoca da família, ela realmente estava vivendo na tranquila capital do Paraná. Não faço a mínima ideia se sua intenção era de que eu escrevesse de volta para contar notícias ou a lamentar sua falta — não escrever fora minha decisão corajosa. Nunca lhe escrevi e, durante anos, recebi algumas cartas evasivas e frias que falavam sobre o clima, algumas novelas que tinham enredos parecidos com a vida real e um substantivo chamado "saudade", que eu duvidava que ela conhecesse o real significado. Estas foram as minhas impressões naquela época, eu não queria ser a filha de uma mulher desquitada, era assim que todos chamavam uma mulher que estivesse separada, fosse por divórcio ou não. Aliás, divórcio era algo relativamente novo na nossa sociedade, fazia apenas oito anos que entrara em vigor no país a lei que regulamentava o assunto. Como eu sofri na escola com essa pecha de "a filha da desquitada", a "filha da divorciada", "a filha da separada", "a filha da puta", sim, puta mesmo.

Despertando a Fera

O ano de 1987 não prometia muita coisa, mas resolveu me surpreender, pois, foi nele que conheci um empresário, quinze primaveras mais velho do que eu. Ele, com 32, já era conhecido na cidade, seus negócios começavam a dar bons resultados. Contrariando os apelos de meu pai, eu me casei três meses depois de completar 17 anos. Precisava abrir caminho para meu genitor refazer a vida dele, mas, sem saber, fiz isso destruindo a minha. Era incômodo observar meu pai sozinho, se dedicando ao trabalho, à casa e a mim. Ele era jovem, devia ter desejos, e, vê-lo triste vagando pela casa, não renovando seu estoque de piadas e se forçando a repeti-las eternamente para parecer que estava bem, era demais para mim. Apesar de transcorrido dois anos desde a partida de minha mãe, ele ainda parecia golpeado íntima e profundamente pelo abandono. Era hora de eu sair de cena para que ele voltasse a viver.

Não enviei convite de casamento para minha mãe, eu não a queria presente, e ela, decerto que também não desejaria comparecer — imaginei. Por isso, evitei o constrangimento de vê-la no casamento ou de receber uma desculpa por sua ausência; assim seria bom para as duas. A imaturidade faz a gente praticar este tipo de julgamento de pensar que o mundo lá fora funciona como imaginamos dentro das nossas cabeças. Pensamos também, que conhecemos o que se passa em corações que não batem em nosso peito. Eu devia, ao menos, ter enviado um telegrama — uma linha bem escrita pode evitar que uma chaga seja aberta e até mesmo estancar uma hemorragia. A ignorância é prerrogativa e privilégio da pouca idade, felizmente o tempo tem remédio para isso.

Fui praticamente estuprada em minha lua de mel. Cheguei a engravidar, mas perdi em um aborto espontâneo. No ano seguinte tive que abandonar o colegial e virei uma escrava. Rodolfo era tão ciumento que chegava a sonhar com traição. Me tratava como um objeto, tinha aquela insegurança dos homens que pegam meninas para terminar de criar. Quantas vezes eu pensei em fugir como minha mãe fez, mas eu não era ela.

Meu pai reclamava que cada dia eu o visitava menos, eu apenas reclamava que a residência era grande e dava trabalho para cuidar. Para minha alegria ele encontrou alguém que o amava e que lhe devolveu a alegria que ele merecia ter. Maria nunca saiu de perto de meu pai, mesmo quando ele adoeceu tempos depois.

Quanto ao meu casamento, hum! Este, vivi de modo a sofrer os tormentos de uma penitência medieval, como se devesse pagar neste plano por um mal ocorrido em encarnações passadas.

Dado a intensidade do sofrimento que me era imposto, só posso imaginar que vivi a outra vida impingindo a outrem consideráveis e irrestritas amarguras. Eu devia ter trancado alguém na torre de um castelo e agora seria minha vez de experimentar essa condição de viver.

Tinha uma bela moradia, empregadas e um carro novo na garagem, mas nem de longe isso queria dizer que eu possuía a liberdade de passear pela cidade. Aquela casa, como todo resto, era apenas a fachada aparente, servia ao propósito de evidenciar e manter as aparências do homem maravilhoso que Rodolfo fingia ser. Aos olhos alheios, ele era o marido que eu "Dri" devia levantar as mãos para o céu, e agradecer por ter. Em contrapartida, eu era a metida que não saía de casa para evitar me misturar, que não sabia aproveitar tudo o que tinha à minha disposição. Minha rotina, era por ele controlada de forma tão meticulosa, que se restringia a idas ao salão para fazer cabelo e unhas, bancos, supermercados e só. Se existiram outros lugares, bem, minha memória já não consegue recordar. Nossas brigas passaram a ser frequentes, até que eu consegui voltar a estudar dois anos depois de ter me casado — era hora de a libélula voltar a voar.

Iniciei o terceiro ano para concluir o segundo grau ainda com dezenove anos, eu teria tempo de sobra para recuperar o tempo perdido. Rodolfo andava furioso porque ele queria ter filhos e eu evitava, ele imaginava que uma penca de filhos me prenderia em casa e eu sabia que ele tinha razão, se eu permitisse. Eu não queria, de forma alguma, usar uma prole como desculpa para ficar em casa, apenas esperando que eles crescessem para ir embora, como minha mãe fizera.

No último mês de aulas descobri um bilhete no bolso do Rodolfo, era claro que ele estava tendo um caso e eu resolvi ir à forra. Não disse nada, deixei o bilhete onde estava e, no outro dia, decidi dar uma carona para um colega do colégio.

No caminho, desviei para um motel e ele entrou em pânico, coitadinho, era tão jovem, mas consegui acalmá-lo. Dei para ele sem cerimônia e apesar de jovem, ele não era ruim de cama. Me deu prazer como não sentia há muito tempo. Rodolfo era egoísta na busca do prazer, e por vezes era rude na cama; eu gostava da delicadeza que até alguém com pouca experiência era capaz de demonstrar.

Tempos depois, achei muita graça deste episódio, descobri que Rodolfo havia plantado o bilhete na esperança de me causar ciúmes.

Produzir cena por um homem que eu não amava estava fora dos meus planos e, sem intenção, ele acabou me jogando nos braços de outro, que queria me possuir e estava disposto em me dar prazer. Mesmo depois de conceber o teatro do maridão, continuei a sair com o bonitão. Isso durou por uns cinco meses e esfriou depois que consegui ingressar na faculdade.

Iniciei o curso de Administração de Empresas — no começo não sabia o porquê, depois, em um futuro não muito distante, descobri o quanto essa decisão me seria útil. Simone estava quase se formando em Marketing, estudava em uma cidade próxima. A soma desse fator à implicância que Rodolfo tinha com ela, resultou em nosso afastamento.

Comecei a sair com três garotas: Sibele, Estela e Carmen — e o Franco, namorado da Estela. Sibele era alegre e topava tudo. Carmen era casada como eu e era séria além do necessário, já Estela, quando não estava com o Franco, era uma boca suja que contava tudo o que se passava na intimidade deles. Depois, Juliano se juntou a nós, fechando a "Gang da Facu". Este apelido chegou aos ouvidos do Rodolfo, que primeiro queria me proibir de andar com eles, depois me ameaçou de tirar do curso, por fim, largou pra lá. Eu só precisei ameaçar pôr fogo na casa — senti que meus argumentos foram mais fortes e acho que fizemos um trato sem precisar dizer nenhuma palavra a mais. Nossa gang não fazia nada de mais, apenas matávamos umas aulas para tocar violão ou fazíamos algumas zoações e piadas leves com alguns alunos e professores. Saí com eles por um ano e meio. No começo, a boca suja da Estela me incomodava, depois passei a me interessar pelos casos que ela contava, ficava tão envolvida que, uma vez, cheguei a me masturbar lembrando de um de seus casos.

O ano de 1991 foi conturbado, com agitações boas e ruins; americanos invadiram o Iraque e a soja transgênica começou a ser comercializada. Por outro lado, tivemos a segunda edição do Rock in Rio — eu não fui, tive que desistir uma semana antes para evitar que ocorresse uma tragédia entre Rodolfo e eu. Houve ainda o esfacelamento da União Soviética e o tratado para diminuição de arsenais atômicos entre americanos e russos. Enquanto nós, brasileiros, vivenciamos a maravilhosa conquista do tricampeonato de Fórmula Um, pelo genial Ayrton Senna. Nesse ínterim, eu seguia minha vida de "bem-casada", estudante e dona de casa nas horas vagas. As coisas haviam mudado muito, exceto as brigas que naquele ponto, eram acompanhadas de agressões verbais e físicas por ambas as partes.

O predador faz um lanche

Em uma tarde, quase final do primeiro semestre do ano de 1992, encontrei o Franco, namorado da Estela, no supermercado. Ele estava com a cara horrível, muito chateado com uma discussão que os dois tiveram. Eu comecei a ouvi-lo e ele parecia mesmo precisar desabafar. Acabamos nos sentando em um bar que ficava dentro do mercado para tomarmos um chopp. Ele falava e falava, mas em um dado momento, eu não conseguia mais ouvi-lo, não entendia nada, apenas pensava nas das safadezas que a Estela contava sobre dos dois. Excitada, perguntei: "onde está seu carro?". Ele apontou com a cabeça para o estacionamento e eu falei "vamos lá!". Sem fazer qualquer pergunta, ele levantou e nos dirigimos para o veículo. Deixei meu auto no estacionamento do mercado e entrei no carro dele, já dando a ordem "toca em frente". Já não era preciso dizer mais nada, ele sabia para onde deveria dirigir.

Juntando Cacos

Naquela noite, Rodolfo começou a conversar comigo de uma forma diferente do habitual. Perguntou como foi meu dia. — Bem! — respondi secamente, mas ele continuou calmo, sorriu e perguntou se eu precisava de algo. Eu estava preparada para qualquer cena, para responder a qualquer palavra agressiva. Pronta para fazer um barraco por infinitos motivos; não estava preparada, no entanto, para ser recebida com carinho e atenção. Sem chão, eu chorei. Chorei tanto que, se ele já não soubesse o que eu fizera naquela tarde, seria capaz de perceber naquele momento. Fui abraçada sem ouvir uma palavra de repreensão — nada de sermões ou ameaças. A única cena com que me deparei foi de compaixão.

No dia seguinte, durante o café, ganhei uma pulseira de esmeraldas. Ainda articulando de forma mansa, Rodolfo comentou que a sobrinha de um dos sócios dele era psicóloga e sem dúvidas seria bom se eu marcasse uma consulta para experimentar, sem compromisso, claro. Conversar sobre meus problemas com uma pessoa estranha, mas que tivesse formação, faria diferença. Ter alguém preparada ao meu lado para me ouvir seria, no mínimo, relaxante. Ele disse tudo isso como quem não quer nada. Essa era a forma mais eficiente que usava para entrar na cabeça das pessoas e assim manipulá-las, jogando palavras ao vento para ver se elas encontrariam terreno fértil. O meu, era, e lá elas ficaram. Passei a pensar naquilo não como uma possibilidade e sim como uma decisão já tomada. Não seria questão de se eu toparia e, sim, de quando. Por hipótese alguma, eu iria a um profissional indicado por ele. Não temia que o profissional compartilhasse os meus relatos com Rodolfo — era uma questão única de queda de braço. Eu não daria meu braço a torcer, isso estava fora de cogitação. Falei com um professor da faculdade, nunca tinha tido aulas com ele, apenas o conhecia das rodinhas de conversa que ele eventualmente adentrava, dava um alô e sorria para todo mundo. Cara popular, do tipo carente que precisa estar enturmado, longe de ser populista, no entanto. O encontrei no corredor, na saída de uma aula, fui direta e perguntei: — Você conhece algum psicólogo bom que possa me indicar? — A cara de surpresa que ele estampou não durou. Se certificou se era eu quem estava precisando do contato, sacou uma caneta, rápido demais para que eu pudesse perceber de onde, tomou o caderno que estava em minhas mãos e anotou um número. — Olha, é difícil conseguir um horário com ele — disse. — Não ligue muito cedo porque a secretária vai te desanimar tentando marcar uma seção para o próximo século. Aguarde até depois do almoço que vou deixar agendado, fale seu nome e isto bastará. Foi o que fiz, e uma semana depois eu me encontrei ultrapassando a porta do consultório pela primeira vez.

João Carlos tinha uma aparência mediana, puxada para franzina e cultivava uma barba entre ruiva e grisalha.

Sua cabeça redonda apresentava um início de calvície e seu sorriso lembrava o de Monalisa. Com o tempo, comecei a estudar seus hábitos enquanto ele me ouvia. Se ele parecia discordar segurava o lóbulo da orelha esquerda, se queria concordar passava o lápis no papel como se quisesse escrever "estou certo disso". O mais interessante era quando ele suspeitava que eu estava omitindo algo ou quisesse me incentivar a continuar falando a respeito de um determinado assunto. Nesses momentos ele deixava os óculos escorregarem um pouco sobre o nariz quase fino e me observava por cima do aro. Este era o meu médico. Quando iniciamos a primeira seção ele fez o questionamento mais difícil da minha vida: "Quem é você?" Quem eu era? Tenho dúvidas se esta seria a melhor forma para abordar alguém que procura um psicólogo. Se eu soubesse a sério essa resposta não iria pagar uma fortuna para estar ali. Quem procura um terapeuta não é capaz de responder a fundo, e de forma sincera, quem deveras seja. Nossas dúvidas, medos, traumas e neuroses devem advir da falta de solução para essa pergunta aparentemente simples. "Conhece-te a ti mesmo e conhecerás o universo e os deuses", ahhh... "Sócrates, como eu te amo", pensei. Enquanto eu formulava um "feedback" neste estilo, me veio à mente que a pergunta tão profunda poderia ter sido feita a priori para mexer comigo. Eu teria esta consciência de não saber quem sou se ele não tivesse me questionado? Estaria disposta a ir fundo no meu ser para encontrar uma resposta? Teria medo dos meus abismos ou seria forte o suficiente para penetrá-los? Meus monstros seriam maiores que o fio da minha espada? Se é que eu tivesse uma. Sim, o tempo me mostrou que minha espada era enorme.

Resolvi entregar minha alma ao meu psicólogo e deixar que ele me conduzisse pelos meus labirintos. Ele pediu para que eu falasse sobre minha família, infância, amigos, sonhos... E, por vezes, me senti sozinha neste turbilhão; depois eu percebia que meu terapeuta continuava presente, quase me carregando no colo. O mais incrível era que, em cada seção, eu era capaz de me lembrar de cada palavra dita dentro de minha casa desde a minha mais tenra idade. Podia recordar também dos gritos de guerra dentro do meu lar de casada. Em outras, tudo parecia tão calmo que eu ouvia o meu próprio silêncio.

Foi divagando a respeito o meu décimo quinto aniversário que ele pediu que eu falasse sobre minha mãe. Por que ela havia ido embora? Por que foi para tão distante? Ainda nos falávamos? Sobre o quê? Respondi à verdade que morava dentro de mim naquela época e que estava ali desde a última vez que eu a vi.

— Ela foi embora porque estava apaixonada, porque tinha um amante e resolvera seguir a vida dela — afirmei. Não consigo repetir as palavras dele; sei que o resumo do que entendi é que nenhuma mãe, salvo em condições muito especiais, abandonaria uma filha. Principalmente, depois de cuidar dela por quinze anos. Era estranho que esta história fosse tão curta; minha explicação simplória tinha um ponto final maior do que o próprio texto. Saí dali determinada a desfiar aquele novelo — se eu conhecia um pedaço e uma ponta, então eu iria atrás da outra. O restante, que esteve próximo aos meus olhos e longe da minha percepção, eu viria a descobrir em breve.

Às Coisas Não Eram o que Pareciam

Eu poderia perguntar ao meu pai, seria natural, isso se eu não temesse mexer em suas velhas feridas, além de correr o risco de ouvir uma parte da história que eu pensava já conhecer. O dito popular fala sobre a existência de três verdades: "a minha, a sua e a verdadeira". Eu já conhecia a verdade do meu pai, apesar de ele nunca ter feito qualquer comentário, queixa ou discurso a respeito. Fui atrás de minha tia, queria respostas para perguntas que eu deveria ter buscado há muito tempo. Duas horas e vinte separavam a minha residência do local em que ela morava — uma morada simples, com plantas bem cuidadas no jardim e na varanda. A maioria era de folhagens muito verdes, viçosas e as flores, apesar de minoria, eram um festival de cores e vida. Era sábado, dois dias depois da consulta com João Carlos, sessão onde ouvi perguntas que ficaram trabalhando em minha mente como cupins. Pessoas do interior, independente da classe social, têm imensa satisfação em receber visitas, elas se desdobram para serem simpáticas e oferecem o que tem de melhor. Eu cheguei pela manhã, ainda era cedo e, antes de aportar na casa da minha tia, dei uma volta naquela cidade onde muitas vezes passei férias quando criança. Enquanto eu matava a saudade daquelas paisagens, ia enumerando as novidades que haviam sido erguidas aqui e ali. Ora uma casa, um muro, uma ponte refeita, provavelmente por causa de alguma enchente, postes de cimento no lugar dos mais antigos, de madeira... Nenhum prédio, nada de pomposo, de extravagante, ali se via apenas os óculos escuros que eu ostentava.

Como disse, a casa da minha tia estava igual ao que era no meu tempo de criança, com a mesma limpeza e capricho; o que me chamava a atenção era que parecia muito menor do que eu me lembrava. Tia Valéria abriu um sorriso ao me ver, faltava um dente do lado esquerdo da boca desde a última vez que havíamos nos encontrado. Também percebi que longas mechas de cabelos brancos já lhe caiam pelos ombros; no mais: tudo estava igualzinho. Ela devia estar fazendo um doce, pois o avental vermelho estava amarrado à cintura, seu velho hábito. Seu abraço ainda era forte e seu olhar sincero não deixava dúvidas de que ela estava feliz em me ver. Relaxei, sem querer ir direto ao assunto que me levara até ali. Comi de seu bolo de fubá que eu não recordava que era tão bom e o café coado em coador de pano tinha um aroma enviado pelos deuses. Até a xícara de metal esmaltado dava a impressão de que eles atravessaram o tempo para me saldar. Falamos dos meus primos que haviam casado e se bandeado para as famílias de suas esposas. Raramente iam visitá-la. Balançando os ombros, ela disse: — É assim mesmo, a gente não cria filhos pra nós. São todos para o mundo. Quem tem filho homem os perde quando se casam e quem ganha novos filhos são as famílias das noivas — concluiu. Ela fingia uma resignação que claramente não possuía.

Tia Valéria me punha a par de toda família e começou a fazer o almoço matando uma galinha.

— Vou matar uma galinha especialmente para comemorar a sua visita — disse.

Sob falsos protestos, arrematei:

— Mas, tia, a galinha não tem culpa! — Rimos um bocado desta besteira. Ao meio-dia e meio em ponto o almoço estava servido, tarde para ela que estava acostumada a almoçar bem mais cedo, e cedo demais para os meus maus hábitos. Aquela galinha caipira servida com angu, mostarda, arroz solto bem branquinho e feijão cozido na hora, tudo feito no fogão à lenha, era o verdadeiro maná. — Um banquete servido para alguém que esteve perdido no deserto da vida. Soube ainda que tio Freitas estava consertando a camionete que teimava em não ficar pronta, deixando-o irritado. Após o almoço, fomos nos sentar à sombra de algumas árvores no quintal, ao lado de um pé carregado de Jabuticabas maduras. Foi neste cenário que iniciei meu interrogatório.

— Tia Val, o que a Senhora sabe sobre a separação dos meus pais? Por que minha mãe foi embora daquele jeito? Por que ela nunca voltou para me ver ou me convidou para passar as férias com ela?

— Minha filha, você tem direito em saber, deixou de ser uma criança faz tempo, só precisa ter certeza se realmente quer mexer nos fantasmas do passado. Eles podem não gostar e passar a assombrar você — afirmou Tia Valéria. — Eles já me assombram, tia — afirmei em um tom de insistência.

— Eu realmente preciso saber, e se eles forem tão feios vou descobrir um meio de exorcizá-los, por favor, me conte tudo, não omita nada.

Tia Valéria concordou com a cabeça e começou a falar: — Bem, foi você quem pediu e eu acho justo que saiba, não que pense que você ficará melhor em saber, mas por sua mãe que merece ser justiçada. disse. — Ela sofreu muito. Se casou muito nova e apanhava de seu pai no início do casamento. Quase perdeu você em uma destas surras. Ele bebia muito e só tomou jeito quando você nasceu, mas já era tarde, ela tinha passado a odiá-lo. Todos os dias planejava fugir e levar você, mas tinha medo de que ele descontasse em você se ela partisse. — Eu, espantada, escutava minha tia. Anos e anos esperando que você crescesse, ela tentava aparentar desapego a você para que você não sofresse com a partida dela — continuou desviando o olhar. — Enquanto seu aniversário de debutante se aproximava ela tomou a decisão de ir embora. Seu pai descobriu e um dia, quando você estava na escola, voltou mais cedo para casa, fez ameaças afirmando que, se ela levasse você, ele as encontraria e mataria as duas. Deixou claro que se ela fosse embora, jamais deveria pôr os pés de volta na cidade, ele não seria chamado de corno manso pelos vizinhos nem por ninguém. Repetiu inúmeras vezes que, quando atravessasse a porta, ela estragaria a vida da filha. Você passaria a ser malvista no bairro e onde quer que andasse. Todos achariam que a filha da separada também era uma biscateira, uma rameira uma mulher da vida.

— Isso é real, tia?

— Menina, você nem pode imaginar o que era tudo isso naquele tempo. Ainda hoje não é fácil.

— Meu pai não é assim, não posso acreditar! — interrompi. — E, além disso, eu ouvi minha mãe combinando com um amante para ele ir apanhá-la.

— Amante, você está louca? Tia — Valéria questionou, em um tom de surpresa. — Sua mãe nunca teve amante, você deve ter ouvido ela combinar com o Freitas; foi seu tio Jorge, meu marido, quem a apanhou e a levou até Curitiba. Ela fez tudo isso para você não correr perigo e sofrer menos quando ocorresse sua partida. Ela levou um duro golpe com o seu casamento, mais por você ter se casado com um homem mais velho do que por não ter sido convidada. Ela esteve doente por dois meses, pode acreditar, ela sofreu muito — concluiu. O meu mundo voltava a cair, o que eu imaginava saber sobre meus pais era fruto da observação de uma ótica míope, típica de uma adolescente superprotegida. Eu precisava confrontar meu pai, precisava ouvir o outro lado para chegar a terceira verdade — a "verdadeira", era o que eu esperava. Voltei tarde para casa e ainda tive que aguentar Rodolfo falando no meu ouvido. Me acusava, se passava por vítima, esperneava pintando o escarcéu; só não disse que iria se matar, porque se tivesse dito, o teria convencido a fazê-lo. Me tranquei no quarto sem desejar contar o que estava acontecendo e por onde eu havia estado durante todo o dia. Fui dormir chorando, à espera que o dia amanhecesse, implorando aos céus que meu procriador negasse tudo. Deus é bom, o sol tarda, mas sempre aparece. Pulei da cama e me arrumei rapidamente, pensei em sair antes que o Rodolfo acordasse, mas no corredor esbarrei nele como se ali estivesse por toda noite. Perguntou-me onde eu pensava que iria e recebeu uma resposta dura e seca: — Para a casa de meu pai, resolver problemas de família. Nem pense em vir atrás! — Explicação dada, ordem cumprida. Segui rumo à garagem, ouvindo-o recomeçar a ladainha à distância. Não demorei a chegar na casa de meu pai. Maria me atendeu com ar preocupado, foi logo avisando que ele não estava se sentindo bem e, percebendo o meu semblante, emendou um "fosse o que tivesse para dizer, que eu tivesse tato". Isso me desarmou. Respirei fundo, enquanto ele não saía do quarto, fui tentando me controlar. Quase virei as costas, indo embora, felizmente ele apareceu e não perdi a coragem para questioná-lo. Meu pai era um homem enfraquecido, hoje percebo que isso se devia mais ao remorso do que ao tempo. Ele não negou, não protestou; apenas confirmou, com lágrimas, aquilo que eu nunca soube que ele possuía dentro de si.

A doce amargura da verdade

Saí da casa do meu velhinho com sentimentos que julgava serem impossíveis de coexistirem, de raiva e alívio. Como podem andar juntos? Eu carregava desapontamento e raiva de meu pai por ele ter sido capaz de promover tanta tristeza em minha mãe. Tinha também o sentimento de abandono que vivi, mas, ao mesmo tempo, ter conhecimento da verdade me trouxe um certo alívio; eu não era um fruto descartado, uma filha rejeitada, afinal. Este desaperto começou a me incomodar porque carregava consigo a explícita culpa por eu ter julgado mal minha genitora, afastando-a de mim e de minha vida. Meu pai, antes meu herói, se transformara em um vilão que eu ainda amava; minha mãe, ao contrário, passara a ser vítima. Quantas vezes eu precisei do colo de uma mãezinha para chorar? Quantas vezes precisei de um colo desejando apenas um cafuné? Em todos estes momentos, estive sozinha, sem necessidade.

Culpa era uma palavra que eu tinha cortado do meu dicionário no dia que me entreguei para Jaque. Mas existem palavras que são como fantasmas, podem ficar enterradas por muito tempo e ainda assim são capazes de nos assombrar em algum momento.

Cantinho da oração

"A oração não nos isenta de lutas, mas nos fortalece para vencer todas elas." (Yla Fernandes)

Rodei pela cidade tentando clarear as ideias. Dirigia digerindo os acontecimentos dos últimos três dias que mudavam boa parte da minha vida, passada e presente, sem me mostrar como eu deveria seguir em frente. Voltei para casa no fim do dia, entrei no jardim de inverno onde cultivava lindas plantas e o hábito de meditar em orações que eram só minhas. Fechei as portas francesas e comecei:

"Meu Senhor, agradeço por tirar dos meus ombros o peso das mentiras que me trouxeram até aqui. Não estou negando a minha culpa e sequer estou querendo imputar exclusivamente a outras pessoas o que deve ser divido por todos. Sim, eu fui impulsiva e tomei decisões sem questionamentos. Nunca olhei no espelho antes de dizer sim ou não, jamais procurei enxergar o reflexo dos meus próprios olhos, buscando indícios de que o Senhor tentava falar através deles. Eu sinto por mim e lamento ainda mais ainda por aqueles que eu feri sem querer. Me compadeço pela minha mãe que eu tentei matar dentro de mim. Sinto pelo Rodolfo que eu aceitei em minha vida e nunca deixei que conhecesse a minha alma."

"Mostra-me o que eu devo fazer, conduza-me segundo a tua vontade para que eu possa beber água fresca e passear por belos campos. Que na segurança que Tu me manténs, as pessoas que me rodearem também sintam segurança. Que eu não seja a ovelha a ser ferida e tampouco o lobo que devora.

Conheço o teu amor, dai-me a tua luz e tua compaixão! Amém!"

Saí dali mais tranquila, comi um lanche que Lúcia — meu braço direito em casa — havia preparado. A mesa farta fez com que eu percebesse que aquela refeição, no fim do dia, tinha sido a minha primeira. Entrei no quarto trancando a porta e fui dormir, mas apenas consegui assistir televisão. Quando Rodolfo chegou, instalou-se, por alguns momentos, ao pé da porta; bateu inúmeras vezes, chamou, depois se convenceu que eu queria continuar sozinha e foi dormir no quarto de hóspedes.

Levantei-me cedo, arrumei uma mala pequena com o essencial para dois dias, sai devagar para não ser vista e deixei um bilhete dizendo para onde eu iria. Andei até a esquina e apanhei um táxi para o aeroporto, se tivesse sorte conseguiria uma passagem de última hora.

Decisão Tomada, Pé na Estrada

Enquanto o avião seguia viagem, comecei a repassar o que estava acontecendo no país e no mundo naquele ano de 1993. Era uma tentativa de não pensar sobre o que me esperava na capital Paranaense. Lembrei-me na famosa cruzada de pernas da Sharon Stone em um filme que era o assunto do momento. Cantarolei, apenas com a mente, os sucessos de Exaltasamba, Katinguelê, Negritude Junior, Leandro e Leonardo, Zezé de Camargo & Luciano. Pensei no polêmico disco "Erótica" da Madona; no pequeno Jordy que dominava as paradas com "Dur dur d'entre bebe" e em Roxette, que tocava nos bailinhos de garagem. Avaliei como eram ridículas aquelas pochetes que os homens estavam usando, e no absurdo e cruel assassinato da atriz Daniella Perez. Havia iniciado um movimento nas ruas — os caras-pintadas, que pediam o impeachment do então presidente Fernando Collor de Mello. Mas, eu me dediquei mesmo, durante a maior parte do tempo, em refletir na inacreditável separação do príncipe Charles e da princesa Diana. Lady Dy era amada em todo o planeta; era perseguida por paparazzis, suas roupas eram copiadas e ela era um modelo de mulher que se reproduzia nos gestos e nas palavras em todo o mundo. A família real estava abalada, a humanidade estava chocada, na sociedade os casais começaram a meditar "se eles podem, por que nós não?" Eu também raciocinei: por que eu não posso?" Foi assim que guardei este assunto para refletir melhor depois.

Havia Perdão Guardado

Ao pisar no aeroporto de Curitiba, eu continuava com a convicção de que a decisão de viajar até lá era correta. No entanto, duvidava de que teria condições de dizer tudo que havia passado as últimas duas horas a ensaiar. Aluguei um carro, comprei um mapa "Quatro Rodas" na banca do saguão e tomei algumas informações com o rapaz que me entregou o veículo no pátio. Depois vi que seria mais fácil modificar o plano; contratei um táxi, passei o endereço do verso de uma carta para o motorista, e o segui. O aeroporto Afonso Pena fica em São José dos Pinhais, região metropolitana e distante, cerca de 20 km do centro da capital. Pelas bonitas ruas da cidade, fui tentando distrair meu coração, que acelerava progressivamente. Cheguei ao endereço, por volta das 16h, não havia ninguém; casa fechada, nenhum vizinho à vista. Isso por um lado, me parecia ótimo, assim não teria que me identificar. No entanto, de certa forma, também era péssimo. E se ela tivesse se mudado ou estivesse viajando? Visitas que não são esperadas não podem reclamar por não haver ninguém para recebê-las. Como este não era um caso de visita com hora marcada, me conformei e resolvi esperar que a noite caísse, para retornar.

Dei uma volta de carro pelo bairro residencial, parei em uma padaria, para pedir informações, apesar de ainda ter comigo o mapa que comprara na banca de revistas.

Segui então para o hotel indicado, onde poderia me alimentar, tomar um banho e descansar, depois voltaria, torcendo para ter maior sucesso.

Por volta das 20h, tomei o rumo inverso para retornar ao endereço, onde estivera algumas horas antes. Naquele horário, o, Água Verde me pareceu mais charmoso; era um bairro de classe média, bem iluminado, tinha uma praça bonita, que fora erguida em homenagem aos imigrantes da Terra do Sol Nascente. A Praça do Japão fica no Centro Cultural Memorial da Imigração Japonesa. Creio que esta segunda impressão que tive do bairro ocorreu porque havia controlado um pouco a minha ansiedade, e por estar mais descansada. Estacionei em frente à casa da rua Mato Grosso e minhas pernas voltaram a tremer. Comecei a suar frio e senti que me faltava o ar. Era tarde demais para desistir, havia uma luz acesa na casa, um cheiro de lasanha, que eu conhecia muito bem, era espalhado deliciosamente pela brisa noturna — que me remeteu às velhas lembranças. A campainha era estridente, de um som antigo. Não tardou para eu ouvir o barulho da chave na porta e alguém perguntando — Quem é? — Enquanto o limiar ainda se abria. Respondi com o maxilar hesitante, quase gaguejando. — É a Dri, Adriana. A porta terminou de se abrir, nos olhamos e qualquer pessoa saberia que se tratava de um reencontro de mãe e filha. Éramos muito parecidas, e a vacilação antes do abraço dava conta que não nos víamos há muito tempo.

O calor dos nossos corpos, fluiu de uma para a outra, mas, no aperto daquele abraço, senti que um muro ainda deveria ser derrubado.

Ela me convidou para entrar. Fui apresentada ao seu novo marido, falamos coisas triviais, como cada uma estava bem, como a cidade era bonita e várias futilidades que já não me lembro. Fiquei sabendo que, pela tarde, minha mãe havia faltado ao trabalho para levar seu marido ao médico. Nada grave, apenas revisão após uma pequena cirurgia. Nos sentamos à mesa, insistindo nestes temas tolos e sabendo que muita roupa precisaria ser lavada até que nossas almas pudessem voltar a se falar. Carlos — ou Carlinhos, como ele gostava de ser chamado — era um cara agradável e sensato. Nos pediu licença e, sem fazer uso de qualquer desculpa, disse que nós tínhamos muito para conversar, então ele sairia para dar umas voltas, para ficarmos mais à vontade. Eu fiz menção de replicar uma falsa objeção, mas ele me acalmou:

— Minha querida, sabemos que depois de uma enchente muita água deve correr até que o rio fique límpido e seu leito restabelecido — "disse Carlinhos". — Não vá embora antes que eu tenha tempo de fazer um tour com você pela cidade. Ele sorriu como quem sabe o que as outras pessoas precisam, com afeição instantânea, mas genuína; deu-me um beijo na testa e saiu. Juntamos as louças na pia, para serem lavadas depois, e fomos para o fundo da casa. Havia ali uma gostosa estrutura, perfeita para qualquer família pequena que quisesse relaxar conversando sobre a vida. Perguntei se ela teve outros filhos, então soube que, tempos depois de ter saído de casa e estar estabelecida na cidade, tivera que retirar os ovários. Isso fez com que entrasse em um tipo de menopausa forçada, ganhasse uns quilinhos, sofresse com secura vaginal e demais inconveniências.

Durante o tratamento, conheceu Carlinhos, um chefe de enfermaria que ofereceu muito apoio; acabaram se apaixonando e estão juntos desde então. Falou de seu trabalho em uma clínica de estética e quis saber da minha vida.

— Mãe, eu estive com a tia Val — afirmei indo direto ao ponto. — Por ela, fiquei sabendo o que aconteceu com a senhora, desde seu casamento com meu pai. Eu não consigo entender tudo, porque certas coisas, a gente só compreende quando vivência; cresci blindada, vivendo à parte do que vocês dois viviam. Eu não sabia de nada e a culpei por tudo, sofri sendo uma filha sem mãe, tomei muitas atitudes com medo de repetir as tuas. Não foi fácil — respirei fundo —, quando confrontei meu pai com as informações que tia Val me deu, pude refletir e tive a certeza de que deveria vir até aqui. Mesmo sem conhecer a verdade, não fiz o que era correto; eu nunca a procurei, eu nunca escrevi um bilhete sequer perguntando quais eram teus motivos. Tuas razões passaram ocultas e, se não fosse por eu ter tido o gesto simples de perguntar a uma terceira pessoa, elas continuariam passando, sem que eu tivesse conhecimento. Eu deveria ter feito este questionamento há muito tempo e diretamente à senhora.

— Verdades costumam morrer em segredos, é a regra, não a exceção — ela respondeu calmamente. — Considero a oportunidade de que minha história não acabasse sem ser passada a limpo agora como um privilégio que Deus tenha me concedido.

— Isso quer dizer que a Senhora está pronta para me perdoar? Simples assim? — questionei aflita — Eu a julguei, não mereço o seu perdão, a senhora é uma pessoa boa por me perdoar.

— Nada é simples assim e isso não é uma questão de perdão, você sofreu, eu sofri, nada voltará a ser como antes. Não teremos outra chance para remediar o que passou, a única coisa a ser feita é o que estamos tentando fazer agora. Percebe? Temos que deixar de sermos estranhas na vida da outra e construir uma nova relação, a partir deste momento. Você está compreendendo o que estou dizendo?

— Isto não será fácil — Me impacientei.

— É, é um processo longo, duro e muitas vezes pode não dar em nada. — Afirmou, demonstrando muita certeza. — O importante é termos disposição e interesse para resolver tudo. O que estamos tentando colocar em prática é um processo no qual perdoar não é uma questão de bondade; assim como ter julgado sem conhecimento dos fatos não pode ser visto como uma maldade. A vida é dessa maneira, um quadro onde cenas vão sendo pintadas sobre outras de maneira que, uma vez pintada, o que vem a seguir não permite mais nenhuma pincelada para alterar a imagem anterior. São pinturas formadas a partir de pinceladas, nem sempre carregadas e convictas de precisão e serão permanentes. Siga meu raciocínio, "a irrealidade precisa existir para dar cor e forma à realidade". Olhando para o teto pensativa, emendou; — Acertar e errar são banalidades na vida de personagens que somos e nem sequer somos donos de nossos próprios destinos. Vivemos longe da plenitude do tempo, somos seres em construção, obras inacabadas que permanecerão assim até o fim, se é que a morte seja o fim. Estes são os truques da existência para nos forçar a permanecer em movimento.

— Então nos encontrarmos para restaurar a verdade foi um golpe de sorte?

— A verdade não está sendo restaurada, ela sempre esteve ali, está apenas sendo revelada a um dos personagens que já estava presente e apenas a apreciava por outra perspectiva. Pense! Se você acredita em golpe de sorte, então você não conhece Deus, se você conhece Deus, você aceita o que vem pelo caminho como um merecimento ou um aprendizado. — Acredito que se eu fosse a senhora eu teria feito diferente, agido de outra maneira — refleti, desviando o olhar.

— Você está enganada. Se você fosse eu, agiria da mesma forma como agi. Você teria experiências idênticas, os mesmos sentimentos, desejos análogos, iguais frustrações. Eu só me portei daquela maneira porque era eu, se você fosse eu também atuaria daquela forma — ela afirmou.

— Quando saí de casa, com a experiência que eu tinha naquela época, eu não saberia agir diferente, a vida não oferecia muitas alternativas. Hoje o mundo é outro, eu tenho mais discernimento, sou mais experiente e agiria diferente, isso hoje, não antes. Por estarmos falando do passado, temos que nos conformar com o que aconteceu. Eu te pergunto: o que eu podia fazer? Ter fugido com você rumo a um futuro incerto? Prometido o quê? Você naquela idade teria ido comigo? Eu não corri o risco escrevendo palavras de amor para não ser rejeitada. Foi mais fácil dizer “estou viva, enviando cartas quase em branco” do que ter tentado jogar você contra seu pai para me inocentar. Minhas cartas tinham apenas a intenção de dizer que eu continuava existindo, seria mais destrutivo para mim ser esquecida por você do que ter o seu ódio. — Respirou, fez uma pausa para continuar. — Como pode ver, esse era o único caminho que eu tinha, não havia escolhas. Você, com todas as suas dores, jamais poderá imaginar o tamanho das minhas.

— Acha que estou sendo desumana por ter dito estas coisas?

— Não existe atitude desumana, todo ato cometido por nós é humano, seja bom, ou, seja mau, nós somos assim e aceite quem quiser — concluiu.

A conversa foi difícil, normalmente, mulheres encontram motivos para chorar, imagine durante um momento como aquele. Quando percebemos, já se passava das duas da manhã; minha mãe insistiu em arrumar um quarto para mim, mas achei melhor voltar para o hotel.

Quando saímos na varanda vi que Carlinhos estava encostado no carro estacionado em frente à casa, senti muita gratidão por aquele gesto e tive vontade de abraçá-lo. Os dois se propuseram a faltar o trabalho e me levar para conhecer a cidade. Recusei e combinamos que eu voltaria no dia seguinte, após as 18 horas, quando eles estariam de volta. Rumei para o hotel para passar o resto de noite mais longo da minha existência pensando na suprema ironia de encontrar, naquela mulher, uma sabedoria que ia além da minha compreensão. Essa é a complexidade humana: alguém ser capaz de extrema virtude do perdão e do egoísmo supremo de abandonar uma filha sem revelar o porquê. Poderíamos pôr a culpa dos nossos descasos em outras pessoas. Na urgência imediatista do estilo de vida de hoje em dia ou na vida que nos impõe a obrigação diária de possuir mais do que seremos capazes de gastar. Mas, não seria verdade; isto é fruto da natureza em construção do próprio ser humano, isto foi o que aprendi com ela durante nosso reencontro.

Saí da cama quase ao meio-dia, tomei um banho e vesti a última muda de roupa limpa que eu tinha levado. Deixei o carro no hotel e saí para almoçar por perto, caminhei mais do que pretendia e, após o almoço, apanhei um táxi. Pedi ao motorista que me mostrasse um pouco da cidade e depois me deixasse próxima a algumas lojas de vestuário feminino. Esse programa deveria ser suficiente para me manter ocupada até quase o horário combinado, aproveitei e passei em uma agência de viagens. De volta ao hotel, me troquei, estreando uma das peças novas e fechei a conta. Quando fui à agência de viagens já sabia que não iria ao compromisso, não queria chorar novamente precisava encontrar uma forma de fazer aquele relacionamento funcionar antes de outra despedida. Fui direto ao aeroporto devolver o carro, busquei um telefone público desocupado e liguei para casa, disse ao Rodolfo o horário que chegaria e pedi que me apanhasse na chegada. Em seguida, liguei para minha mãe. Não foi fácil usar uma desculpa que fizesse sentido e não a ferisse, não pretendia que soasse como mentira e, ao mesmo tempo não queria que expusesse minhas feridas em processo de cicatrização. Revê-la agora seria mais difícil do que ter batido à sua porta no dia anterior. Sabia que o canal entre nós duas estava aberto e isso era o suficiente para encontramos uma maneira de nos reaproximarmos.

Naufrágio para uns, salvação para outros

Se um navio; conduzindo escravos, náufraga, algumas pessoas enxergariam essa situação como um problema; não os escravos, pois vivendo ou morrendo, esse seria o fim de sua escravidão. Meu casamento terminou depois de seis anos, metade do tempo que Lady Dy esteve casada; não sendo princesa, eu podia me dar a este luxo. Quando voltei de Curitiba não havia clima e eu sequer tinha o mínimo de condições físicas e psicológicas para conversar com Rodolfo, ele sabia disso. Ao perceber o estado em que cheguei, ele fez poucas perguntas e se mostrou satisfeito com o que eu disse, mas compreendíamos que era um armistício temporário. Ele logo voltaria ao ataque e eu à defesa, e o contrário também era válido. Na manhã seguinte, Rodolfo teve que comparecer a uma reunião importante. Fiquei grata por essa ajuda dos céus e pude me preparar para a conversa inevitável que teríamos no dia seguinte. Quando finalmente amanheceu, comecei a me sentir enjoada — sentia um reboliço no estômago, uma vontade de fugir correndo. Sempre enfrentei as brigas com altivez, respondendo à altura as palavras que me atiravam. Nunca fui de engolir desaforo e sequer perdi uma discussão. Por que eu parecia temer e hesitar diante da aproximação de um desfecho que eu estava alimentando, fosse desejando ou com meus atos de rebeldia, e até me deitando com outros homens? Não sei a resposta e já era muito tarde para tomar outro rumo. Desistir? Não. Encontrar as palavras certas sim, era o que eu precisava.

— Dri, você sabe que eu sempre te amei. Você nunca correspondeu e eu venho aceitando isso durante todo nosso casamento. Mas agora suas atitudes estão fora do controle, são irresponsáveis; expõem a mim e expõem a você também — afirmou.

— Você não tem a decência de ser discreta nos seus relacionamentos extraconjugais. Eu não mereço isso, seu pai não merece e seu futuro tampouco. E não adianta se encolher no canto como um animal acuado, você não está mais ferida do que eu estou. Nunca deixei que nada faltasse dentro de casa, o que lhe faltou?

— Você tem razão nada faltou dentro de casa, exceto você, você acha que uma menina que vai crescendo não tem sonhos? — questionei.

— Você acha que, ao virar mulher, estes sonhos desaparecem? Que não ficam pesando sobre nossas cabeças? Eu tenho errado sim, não vou pagar de santa. E você já fez sua mea-culpa? Você não pecou quando me pediu em casamento, não é o que quer dizer? Fui eu quem vacilei ao aceitar.

— Não entendi!

— Você quis mais de mim do que eu tinha para entregar.

— Eu só quis um filho e uma esposa dentro de casa — afirmou.

— Dois troféus, você quer dizer — retruquei.

— Que idiotice é essa agora? Todo homem que casa quer a esposa em casa e um filho para seguir seus passos.

— Desculpe, sou a pessoa errada para você. Acha que eu não sei que no ano passado você trocou minha cartela de anticoncepcionais? Isto é atitude de um homem? Amor não confere a ninguém o direito de fazer o que bem quer com a pessoa amada. Isso foi imoral, você é amoral. — Eu tinha os olhos cheios d'água.

— Oh! Esse elogio é um horror! — completou em um tom de ironia. — Minha cara, a moral é uma virtude dispensável nessa vida mercenária. Eu só queria que você me amasse, isso é pedir muito?

— Você pensa que amor é um poder que eu logre exercer pronunciando "Shazan" ou qualquer outra palavra mágica? Amor é um sentimento amorfo, ele não toma a forma que você deseja e sequer atende no momento que você estala os dedos. — Revirei os olhos fazendo cara de pouco caso e segui: — Amar não é se deitar obediente com alguém e ficar brincando de casinha. Precisa de uma costura, contrate uma costureira! Deseja uma comida quentinha? Temos uma excelente cozinheira. Quer sexo? Contrate uma profissional do ramo; mas, se busca amor, conquiste alguém antes. Isso não deve ser tomado a força — concluí.

Meus argumentos sempre pareciam deixá-lo desconcertado. Eu os revestia de sarcasmo e ironias que iam podando as arestas dos seus pensamentos de forma que não vingavam o suficiente para que ele conseguisse me confrontar. Eu estava sendo cruel naquele momento, sei bem disso.

Esbocei um riso revestido de acidez cortante capaz de tornar árido qualquer diálogo. Rodolfo tinha as razões dele, que eram vistas por um prisma oposto ao meu. Ele não era daquele jeito por maldade; desde que o mundo é mundo, as pessoas simplesmente são como são e eu não tinha a intenção de feri-lo, no entanto, o fazia. Eu precisava dizer o que dizia, era minha verdade e ninguém poderia impedir que vomitasse tudo naquele instante. Eu tinha a necessidade de levar vantagem nas discussões e de vencer as pessoas nas disputas mesmo que não fosse necessário. Essas características que eu possuía são claras no predador que a libélula é.

Nossa discussão começou a dar voltas com repetições e acusações até que eu sentenciei: — basta, quero o divórcio. — Ele fingiu surpresa, e protestou o suficiente para dar veracidade a uma decisão que também era sua.

Voo alto

Financeiramente, o desfecho da separação me deixou tranquila. Saí com muito menos do que a lei me daria em direito, mas, ainda assim, foi bem razoável. Fiquei com dois apartamentos bons, e duas casas — uma em ótima avenida e a outra, uma chácara no subúrbio — um galpão, um carro zero, joias, economias e investimentos. Além, é claro, da minha liberdade, que estava valendo uma fortuna naquele momento. Me mudei para um dos apartamentos, aluguei o que estava desocupado; mantive o inquilino da habitação do subúrbio, que pagava pouco, mas em dia. O imóvel comercial estava alugado para uma transportadora, era um valor notável que não tinha data certa para ser pago. Isso sempre me deixava estressada. Realizei uma pequena reforma na vivenda da avenida e abri uma pizzaria; no começo demorei para me acostumar aos horários, o resto eu tirava de letra. A pizzaria foi uma sacada, me mantinha ocupada e rendia, diariamente, dinheiro vivo ou através de pagamentos por cartões de crédito, o que no fim era a mesma coisa.

Em um daqueles meses de atraso na locação dispensei o cobrador da imobiliária e fui em pessoa ao galpão. Percebi que a construção da nova rodoviária estava bem adiantada, não tardaria a funcionar e ficava a meia quadra do meu imóvel. Falei com o gerente da transportadora, ele alegou contratempos e uma fase ruim, por isso ocorria os atrasos no aluguel. Rescindi o contrato, não tinha ido lá para isso; mas ver o empreendimento da rodoviária acendeu um desejo de aproveitar aquela oportunidade. Meu ex-marido estourou possesso quando soube o que eu fizera. E, às três da manhã me telefonou para dar uma aula de economia, perguntando se eu sabia quanto perderia em aluguéis até encontrar um novo inquilino.

Eu não tinha interesse em ter apenas um locatário e sim múltiplos. Em sessenta dias recebi as chaves e comecei a reforma. Ao lado havia uma casinha simples com bom terreno, falei com o proprietário desgostoso da obra que se erguia próximo. Ele, senhor de idade, tinha trabalhado a vida inteira para aproveitar a aposentadoria. Agora, teria que conviver com o barulho de ônibus chegando e saindo, dia e noite, em sua porta — sem contar a violência que ele previa que iria surgir. Fiz uma proposta de compra e ele aceitou, era a oportunidade que ele precisava para sair dali e a minha de lucrar. Dividi a edificação recebida na separação em quarenta boxes com nove metros quadrados cada um, construí banheiros, moderno tanque de abastecimento de água, rede elétrica e esgoto. Na área externa, limpei e demoli inúmeras alvenarias e rampas que não tinham sentido para a futura finalidade. Demoli a casa adquirida e incorporei o terreno.

De acordo com o meu projeto, em seis meses de obra eu teria um shopping popular e um estacionamento rotativo. Porém, a vida real não funciona como estabelecemos em alguns projetos. A obra iria se estender por mais trinta ou quarenta dias, havia consumido o previsto e mais de quarenta por cento além do estimado. Entrei em parafuso, pois não queria usar o cheque especial. Não pretendia pedir dinheiro a ninguém e em razão da minha dedicação à obra, perdi um pouco o foco da pizzaria, com isso, o faturamento caiu pela metade. Procurei Maria, a esposa de meu pai. Ela era advogada trabalhista e antes de se formar trabalhou em uma imobiliária, acreditei que ela poderia me dar alguma dica de como concluir os trabalhos sem entrar no vermelho. Ao conhecer tudo que já havia sido feito e todo o projeto, ela achou magnífico. Disse, no entanto, que eu estava pensando de forma errada; eu não tinha apenas que alugar os espaços, mas receber luvas de quem quisesse ocupar os espaços. Dessa forma, eu teria o restante do dinheiro para concluir a construção sem ter que pôr as mãos no bolso novamente.

Ela apontou no projeto uma área morta bem espaçosa na entrada do shopping. Esse espaço foi concebido livre para não haver aglomeração de pessoas na entrada — mas Maria mostrou que ali seria um local ideal para uma lanchonete. Pensei logo em uma filial da minha pizzaria. Optei por uma pizzaria que vendesse apenas fatias, suco, água e bebidas. Eu não alugaria aquele espaço para outro modelo de negócio idêntico e conservaria cem por cento da demanda de lanches no shopping. A partir daquele momento, fechei com ela a administração. Ela captou, vendeu e alugou tudo conforme disse que faria, tratou de todos os contratos e documentos e, com o dinheiro das luvas, eu pude concluir o empreendimento.

Retomei os trabalhos na pizzaria, estava um caos, o gerente roubava, o caixa roubava — todo mundo enfiava a mão. Não tinha mais estoque, estava uma zona e temi por retaliações relacionadas às medidas drásticas que eu teria que tomar.

Convidei Simone para almoçar, ela tinha se formado em marketing, vivia longe e, naquela época, nos víamos de forma rara. Perguntei o que ela fazia na agência de propaganda onde trabalhava de segunda a sábado. Simone trabalhava muito por um salário muito pequeno, por isso não tive dúvidas: era dela que eu precisava. Contei o que estava se passando e a convidei para gerenciar a pizzaria. Sem perguntar o salário, quis saber apenas uma informação: — Vou ter carta branca? Eu esperava por tudo, exceto por essa pergunta. Estava acostumada a mandar e desmandar, ter meu negócio em minhas mãos e, quando larguei um pouco de lado, tudo acabou indo por água abaixo. Titubeei um pouco, pensei e bati o martelo: — Negócio fechado. O risco valia a pena.

Simone começou a opinar sobre a pizzaria. Os funcionários eram mal-educados, o uniforme ridículo. Na parte interna do imóvel era muito escuro e a fachada estava apagada. A identidade visual era de mil novecentos e bolinha e, da última vez que ela comera uma pizza de lá, a mozarela era pouca e tinha um gosto péssimo. Resumindo, estava tudo errado e eu estava tão focada em olhar para a parte de dentro que não conseguia enxergar o negócio como um todo.

Ela começou a trabalhar três dias depois. Chamou o designer da agência que tinha trabalhado e pediu uma nova identidade visual. Contatou o fornecedor de bebidas e negociou para que eles bancassem conjuntos de mesas renovados, além dos novos freezers e pintura da renovada fachada. Alinhavou um acordo com o fornecedor antigo de laticínios para obter uma farda atualizada, que ela já mandara desenhar e bordar o logotipo atualizado. Chamou os empregados e demitiu todo mundo. Enquanto as reformas eram feitas ela entrevistou, contratou e treinou a equipe. Fiquei preocupada em ter a pizzaria fechada por tanto tempo. No dia da reinauguração, observei motoqueiros com uniforme da empresa na porta e ela explicou: — Agora temos tele entrega, você perdia muito dinheiro sem esse serviço. Não se preocupe, também consegui patrocínio para os cardápios, os panfletos e a rádio do bairro; só pagamos o carro de som e foi a base de permuta. — Concluiu, com um sorriso orgulhoso. A Sacaninha era genial. Aquela era uma empresa moderna, que se mostrou rentável em pouco tempo, muito mais rentável do que eu pudesse supor.

Aquela amiga que me viu chorar aos quinze anos, que me deu conselhos para não me casar, mostrava que conhecia os negócios além de assuntos sobre a vida. Esses eram alguns, dos diversos dotes da qual ela podia se orgulhar.

De Cabeça no Trabalho

O ano de 1994 já corria alto. Em fevereiro, o Plano Real foi implantado com a adoção da URV que abria caminho para a moeda Real. Airton Senna, ídolo mundial, havia falecido em um acidente em Ímola; a seleção brasileira conquistado a Copa do mundo nos EUA. Eu trabalhava dia e noite, já retornara três vezes à Curitiba e meu relacionamento com minha mãe e Carlinhos caminhava sob o manto da tranquilidade que toda distância oferece. Meus negócios iam bem porque os negócios, exceto os aluguéis, rendiam dinheiro todo dia, fossem em moeda corrente ou no cartão. Este fluxo de numerário vivo que passava por minhas mãos, favorecia que eu aproveitasse inúmeras oportunidades, pagando em espécie e no ato. Até mesmo Rodolfo começou a pegar dinheiro emprestado comigo para saldar alguns de seus compromissos. Eu pagava seus boletos e virava seu credor com um juro mais atrativo do que ele teria no mercado financeiro e ia segurando alguns bens como garantia. Por volta de outubro iniciei um projeto na chácara, apesar de estar no subúrbio era um terreno ótimo, em local seguro, tranquilo e de fácil acesso.

Aproveitei meus créditos com Rodolfo e ele tocou as obras derrubando o imóvel modesto. Construímos no local uma estrutura com trinta pequenos apartamentos e um conjunto completo para abrigar com conforto e bons cuidados cerca de sessenta idosos. Tudo já estava acertado para que minha mãe e Carlinhos viessem tomar conta do local.

Meu pai nem desconfiava da minha decisão de trazer minha mãe para perto — eu não quis dizer, não era da conta dele, não seria um assunto que ele se envolveria mesmo se quisesse. Era um momento importante para mim, estava no auge da forma e meus negócios a pleno vapor. Resolvi diminuir as minhas horas de trabalho; Maria e Simone davam conta de tudo, eu precisava dedicar um tempo ao meu eu interior. Eu era uma morena jambo, de corpo escultural e cabelos negros que caíam abaixo dos ombros. Sabia que era desejada por muitos homens, mas o fato de eu ser bem-sucedida acabava inibindo a iniciativa deles. Continuava sendo dona do meu corpo e os casos que eu tinha eram fruto exclusivamente das minhas investidas. Não suportava aquelas cantadas machistas que já havia ouvido muito e o fato delas começarem a se tornar raras devido ao meu crescente sucesso, também começou a me incomodar. Sentimentos ambíguos, eu sei — contradição parecia ser a minha marca registrada. Em suma, aquilo que eu sempre odiara na sociedade alimentava o meu ego. Tinha que ir à caça se quisesse desfrutar de um banquete, e eu ia, mas, isso me deixava vazia, sentindo uma frustração tão grande como na que sentia na época de casada. Ser mulher é muito difícil; você paga um preço enorme para ser livre e outro ainda maior para ser bem-sucedida. Afinal, o que é ser bem-sucedida? Fazer com que tudo o que você toque vire ouro é o bastante? É disso que se trata o tal sucesso? Essas dúvidas já seguiam para a cama comigo, fazia tempo.

No final de 1995 minha mãe veio com o marido para se instalarem e tocarem o meu novo empreendimento. Eu cedi meu outro apartamento para eles, que já tinham chegado de mala e cuia, embora voltassem para passar as festas em Curitiba e se despedir dos amigos, antes de entrar de cara na nova vida. Tinham, inclusive, colocado a casa de Curitiba à venda e um comprador queria acertar os detalhes. Inauguramos o empreendimento com quinze idosos já locados e, em março, já estávamos com quase todas as vagas preenchidas. Foram dias de muito trabalho, mergulhei de cabeça no escritório e acabei me acostumando com as paredes. Já não lembrava como era bom dormir cedo e acordar tarde, a andar descalça, a pôr a cara fora da janela. Neste isolamento, me habituei a ficar sem música e sem ler poesia; a ter somente sexo solitário e a perder tempo pensando em nada, sentindo apenas o coração bater avisando que estava viva. Nos acostumamos a tudo, exceto a ser felizes. Se a felicidade chega, desconfiamos que algo de ruim está para acontecer. E com isso, o tempo vai cumprindo seu papel de ser um dia após o outro até que levantemos os olhos e percebamos que ficou muito assunto para trás. Não me entenda mal, de forma nenhuma isto pretende ser uma apologia à descrença; trata-se apenas do relato de um momento que foi sufocante.

Meu vigésimo quinto aniversário, Rodolfo, que já estava casado novamente e com a esposa grávida, armou uma festa surpresa para mim, com a ajuda da Simone. Não sei se fora por causa do meu sucesso ou por eu ter me tornado sua credora, ou por ambos os motivos, mas ele passara a me respeitar como nunca fizera. Neste dia, reencontrei Franco. Estava mais bonito! Sério, bem-vestido, tinha uma barba rala bem-feita e trazia um sorriso largo, como quem carrega todos os sonhos do mundo. Aparentava a segurança que os deuses do Olimpo ostentam por capricho.

O predador desperta de vez

Submissão

Em um rápido momento a sós, na cozinha, Franco me puxou e me deu um beijo, sussurrando na minha orelha:

— Depois venha comigo. — Sua segurança me balançou um pouco; fazia tempo que eu tomava as iniciativas. Aquilo me parecia bom, apesar de eu não saber se deveria sair, pois, me encontrava no aconchego do meu próprio lar. Por volta das duas da manhã as últimas pessoas se despediam. Franco, com a desculpa de se despedir, me abraçou, pousando uma de suas mãos em meu quadril. Ouvi ele dizer baixinho e de forma quase casual: — Vou dar uma volta na esquina e paro o carro na porta do prédio, não demore. — Como já disse, eu não estava acostumada a receber ordens e isso me deixou excitada.

Ele parou o carro na garagem de seu prédio, eu desci achando o máximo poder ter uma aventura no dia do meu aniversário, sem ao menos ter que procurá-la. Franco me abraçou, nos beijamos e ele passou as mãos em mim, me tocando por baixo do vestido. Apesar do horário, eu temia que fossemos apanhados, mas isso também me excitava.

Ao chegar em seu apartamento, ele disse:

— Hoje é seu aniversário, seus desejos serão atendidos, o que você quer?

Pensei: nada de cordas, chicotes, algemas ou mordaças. Eu apenas queria um homem que tomasse a iniciativa; isso, para mim, já era o ápice da submissão.

Respondi aparentando desinteresse:

— De tudo, suavemente.

Franco me despiu, centímetro por centímetro, enquanto me beijava devagar. Me levou para cama e improvisou uma venda com uma espécie de touca. Um tapa olhos seria interessante, pensei. Percorreu meu corpo com os lábios e a ponta da língua, saltando partes, de forma que eu nunca sabia onde ele começaria, onde terminaria e em que local aquela boca voltaria a me roçar. Chegava perto da minha virilha e quando eu sentia sua língua pronta para me penetrar, ela sumia para ressurgir em outro lugar; aquele jogo parecia não ter fim. Eu queria ser possuída logo e, ao mesmo tempo, esperava que esse momento durasse. Meus seios doíam de desejos e ele apenas os tocava ou os sugava levemente. Suas mãos em minha cintura eram um convite para uma dança, seu hálito quente no meu sexo apenas prometia algo que eu desejava de forma crescente, mas ele não me entregava. Experimentei suas mãos me virarem devagar, tentei tirar a venda, mas ele me impediu. Não protestei, fazia parte do jogo que eu tinha aceitado jogar. Sua língua voltou a percorrer meu corpo, sua boca que, há pouco parecia querer abrir passagem entre minhas coxas, agora arfava em minha nuca. Seus dedos exploravam minha estrutura física e encontrou meu sexo, sedento de ser tocado, mas ele recuou. Ajeitou minhas nádegas e senti que seu membro estava bem lubrificado, pedindo passagem atrás de mim.

Com sutileza, mas de forma segura, ele me posicionou; comecei a piscar num convite que não deixava dúvidas de que eu queria ser penetrada ali. Naquele momento tive a certeza de que aquela não seria apenas uma transa, seria uma cavalgada com ritmo, mesmo quando iniciou o galope havia cadência. Música, aquilo era uma música. Ele era regente e instrumentista e eu era o instrumento que estava sendo bem tocado. Em nenhum momento quis ser protagonista, apenas aproveitei a condição de ser um objeto na mão certa. Quando ouvi o urro de um urso que encontrou uma fêmea no cio, eu também gritei. Meu gozo voltava a ser pleno.

Acordamos tarde no dia seguinte. O champanhe ainda parecia borbulhar em minha cabeça quando nos sentamos para tomar café. Franco me contou como alterou seus planos na faculdade e passado para o curso de Arquitetura. Com um pequeno atraso, ele finalmente estava formado e estava trabalhando em um bom escritório — não que isso fizesse muita diferença em sua vida, eu sabia que ele vinha de uma família de boas posses. Ele não era um espertalhão aproveitador e deixou de ser o cara alienado que ostentava camadas de verniz de subjetividade perante a vida. A dor de cabeça não me deixou tomar mais do que uma pequena xícara de café puro. Naquela altura, eu só pensava em como chegar em casa vestindo aquele vestido amassado da noite anterior; foi assim que desembarquei de seu carro, perto de uma da tarde, na porta do meu prédio.

Os dias seguiram intensos, no intervalo de três semanas eu e franco nos falamos duas ou três vezes por telefone. Depois, nos encontrávamos para jantar e de quando em vez dormíamos juntos; ele era uma boa companhia, o sexo rolava fácil, por que não deixar acontecer? As celebrações do Natal haviam encerrado e eu estava desde cedo em casa. Liguei para Franco e perguntei: — Tem compromisso para hoje à noite? — Diante da negativa, pedi que passasse para me apanhar às 22h, seria o tempo de tomar um banho e me vestir. Escolhi um vestido branco, longo e parcialmente transparente, com uma fenda que ia até o alto de minha coxa esquerda e uma sandália prata, de salto fino e tiras. O batom em tom quase vermelho escuro completou meu figurino.

Exibicionismo

— O que você quer hoje? — ele perguntou.

— Quero ser vista. Pensei que me levaria para um restaurante ou outro lugar público, mas fomos para seu apartamento. Esperei que acontecesse na garagem, não foi. O elevador!? Tampouco me tocou. Fomos direto para a varanda e no décimo oitavo andar ele começou a me beijar — havia música, vinda de algum apartamento próximo — tirou minha roupa devagar, enquanto dançávamos. Me colocou de costas para a rua, abriu minhas pernas e eu, de salto alto, tive que me inclinar para a frente. Iniciei um oral nele, que estava sentado em uma mesa de altura irregular, um pouco abaixo do padrão. Ele segurou meu queixo e disse: — Apenas uma encenação. — Depois, me pôs de face para a rua, em uma posição inclinada, semelhante à anterior; ali iniciamos mais uma encenação onde ele me possuía em um anal. Observar aquelas pessoas dos prédios em frente nos olhando das janelas era fenomenal, a excitação já não cabia em mim. Algumas pessoas olhavam de forma discreta, em janelas semiabertas, outras descaradamente e havia aquelas que assobiavam, batiam palmas ou gritavam. Vi um homem se masturbando e um casal se beijando — tudo aquilo era para mim. Aquele show era meu e ninguém podia tirá-lo de mim. Sentei-me na cadeira, que até há pouco era seu palco, abri minhas pernas e ele se ajoelhou. Sua língua passeou por minhas coxas, suas mãos por minha cintura e por meus seios, enfim sua língua deslizou e me penetrou. Eu passava minhas unhas enormes por suas costas, cheguei a cravá-las em sua pele, como uma felina agarrada ao seu macho. Subi minhas mãos por seus cabelos e em sua cabeça fui ditando o ritmo que eu queria, primeiro devagar, depois forte e mais forte até que explodi em um grito de grand finale. Um gemido e um grito — o show chegava ao final.

Eu passaria o Réveillon com minha mãe pela primeira vez depois de anos, e, longe de meu pai como nunca havia acontecido. Mesmo durante meu casamento sempre fizesse questão de que estivéssemos juntos. Fomos para o Rio de Janeiro, esta viagem era um presente que eu planejara com muita antecedência. Carlinhos estava empolgado, minha mãe parecia apreensiva e acabou me abordando para perguntar se eu estava só, se eu não tinha ninguém para me acompanhar. Ela não se sentia à vontade em atrapalhar minha vida, sobretudo na festa de Ano Novo. Estas coisas que as mães pensam e que eu gostaria de ter ouvido em muitas oportunidades de minha vida, mas não escutei. Fui sincera, usei poucas palavras para explicar como eu estava feliz em ter a oportunidade de estar ao seu lado naquela data. Copacabana estava especialmente mágica, com pessoas exalando esperança, paz e amor, como sempre. Vestiam branco e sorriam, como se todo este ritual fosse o bastante para garantir a elas 365 dias encantados.

Quando voltamos, me senti na obrigação de passar um dia inteiro com meu pai. Não queria que ele se sentisse deixado de lado, eu não o estava trocando por minha mãe. Tampouco ele tinha sido preterido, eu apenas precisava ter um momento mais íntimo e feliz com ela, já que estivemos afastadas uma da outra por um longo período. Passamos o dia inteiro, juntos, neste clima de família feliz; ele havia se recuperado e sua saúde era acompanhada por um ótimo cardiologista.

Bombeiro

Meses depois, tivemos que renovar nosso alvará de funcionamento da casa de repouso. Dei alguns sorrisos exagerados para o tenente que acompanhava a inspeção, na esperança dele me convidar para sair e foi isso que aconteceu, por meio de um telefonema uma semana depois. Fernandes e eu fomos jantar. Gostei de sua conversa, sua postura amável e respeitosa era convincente que eu deveria sair com ele uma vez mais.

Três dias depois, ele me ligou falando que estaria de folga no dia seguinte:

— Achei que a gente podia sair, o que você acha?

— Claro, é seu dia de folga, mas seria ótimo se você estivesse fardado, um local meio caótico que lembrasse um resgate — respondi, animada — seria incrível.

No fim da tarde, fomos até um complexo antigo de fábrica abandonada que ficava na entrada da cidade. O acesso era ruim, estreito e com mato por todos os lados. Encontrei uma estrutura especialmente preparada, um cenário composto de pequenas fogueiras instaladas dentro dos muros, com tudo limpo ao redor, não haveria risco de iniciar um grande incêndio. Pelo menos foi o que eu supus. Dentro da fábrica percebi alguns extintores de incêndio; entramos em um cômodo onde fui quase despida. O tenente saiu carregando minhas roupas e a única frase que ele disse antes de desaparecer foi: — Em nenhum momento fique atrás da porta.

Muito tempo se passou e, sozinha, comecei a ficar com medo. O sol se punha, alguns pequenos estalos e barulhos chamavam a minha atenção, mas nada que me lembrasse que havia um ser humano lá fora. O misto de excitação e medo que passou a me consumir era bizarro. De repente, percebi luz de fogo do lado de fora, parecia que o fogo se alastrava em diversos pontos. A fumaça principiou a entrar no ambiente pela janela lacrada por tábuas, por debaixo da porta além do telhado. Aquilo era angustiante, comecei a me desesperar a perder o controle e a gritar. Abri a boca e soltei os pulmões — Socorro... Socorro! — Eu precisava de ajuda, era tudo o que conseguia pensar. Que loucura! Onde eu havia me metido, teria caído nas mãos de um psicopata?

Neste instante ouvi uma voz forte que vinha de fora, ainda parecia estar distante e perguntava, repetindo: — Tem alguém aí? Tem alguém aí?

— Aqui! Aqui! Eu estou aqui! — eu gritava — Ao ouvir o bater de um machado na porta, me encolhi no canto e, depois de mais alguns chutes, a porta estava no chão. Aquele homem forte, vestido de uniforme, entrou suado. Jogou em cima de mim uma manta úmida, que trazia nas mãos e me pegou no colo. Saiu correndo entre corredores cheios de fumaça, mas que não tinham cheiro de material queimando; era fumaça cenográfica. Apavorada, naquele momento não me dei conta daquilo.

Saindo de dentro do prédio, ele me levou para uma viatura do corpo de bombeiros que não estava ali antes. Dentro da viatura ele tirou sua roupa e me possuiu.

Eu, ainda nervosa, usava o sexo para agradecer o meu salvador.

De volta à porta de minha casa ele me abraçou e perguntou:

— Quando nos veremos novamente?

— Nunca mais, você foi a minha fantasia número três.

Fechei a porta do carro sem olhar para trás.

***

Cheguei em casa cansada, suja e de alma lavada. Encontrei Franco me esperando e a cara que ele fez ao me ver naquele estado parecia dizer que o mundo estava desabando para ele. Nunca tivemos uma relação que pudesse ser definida como estável. Não éramos namorados, noivos ou cônjuges, se muito poderíamos ser chamados de amantes. Não era um compromisso, a gente se via quando era possível, de quando em quando, nada mais. Não era uma discussão lógica para mim. Que direito ele pensava ter para falar tanta barbaridade? Cobrança em um relacionamento que não existia? Desaforo em minha casa era o fim da picada. Expus tudo isso a ele, que não ficou esquentando lugar.

Das cinco fantasias sexuais que eu tinha, três eu havia satisfeito, sendo duas com o Franco. Eu já conhecia seus truques e segredos, era hora de literalmente levantar voo. Não que eu não gostasse de sua companhia, o sexo com ele era bom, era um cara inteligente e nossas conversas nunca eram cansativas. A minha tristeza se deveu a forma como nosso rompimento aconteceu. Bola para frente — era o que se podia fazer e foi o que pensei estar fazendo.

Tropeçando é que se levanta

Passei o dia seguinte me sentindo péssima, estava triste e solitária, como jamais estivera. As palavras ditas por Franco na noite anterior causaram estragos, ele foi impiedoso; atiçou afirmações que passaram a noite corroendo a imagem que eu tinha de mim mesma. A projeção que eu fazia em relação a minha imagem era a de uma mulher livre, não de uma mulher promíscua. Esta palavra, aliás, subverte à liberdade que pensamos ter. Seu discurso agiu como um peso, de textura áspera, que meus ombros não estavam preparados para carregar.

Fui me encontrar com a amiga e funcionária na empresa. E, enquanto eu dirigia, o rádio tocava "Unbreak My Heart", de Toni Braxton. Não pude evitar que as lágrimas rolassem. As cenas do videoclipe vinham em minha mente e se misturavam com minha própria tristeza, meu vazio não parecia ter fim. Minha história era só solidão e isso nunca estivera tão evidente diante de mim. Desabei com esse panorama insólito e sem perspectiva de um acalanto verdadeiro. O sexo era uma válvula de escape que, quanto mais eu procurava, maior ficava o vazio em meu interior. Era uma sensação animalesca sem sentimentos, nada, além disso. Entrei no hall do comércio chorando, esbarrando em tudo e em todos. Tropecei em um cliente que tinha um porte masculino de um veterano, eu já o havia visto por ali muitas vezes. Sua mesa era sempre a mais alegre, ele o mais falante fosse qual fosse a data que ele estivesse por lá. Como um cavalheiro, ajudou-me a levantar, percebeu meus olhos inchados e quis saber se eu estava bem. Me livrei dele dizendo que sim e pedindo desculpas. Não era um bom momento para eu estar ali, no entanto, essa fazia parte do tipo de obrigações que assumimos e que são difíceis de desmarcar. Simone insistiu para que eu fosse lá para decidirmos a concessão de duas franquias da pizzaria. Era um modelo de negócio que eu não conhecia bem e que crescia rapidamente naquela época. Eu precisava de maiores informações e uma reunião estava agendada com advogados e consultores há muito tempo. Não consegui me concentrar e marcamos outra reunião para uma data adiante. No outro dia, eu ainda estava triste, mais calma, no entanto.

Cheguei na pizzaria por volta das vinte e uma horas, comecei a conversar com a sobre a discussão com Franco e como estava me sentindo. Ela repetia como era estranho me ver chorar por causa de um homem e eu tentava explicar que não era por causa dele, e sim por toda a situação e o desfecho de como nos afastamos. Neste instante, fomos interrompidas por um funcionário que avisou que um cliente queria falar comigo e perguntava se podia subir ao escritório. Olhei para Simone e ela para meu semblante; estranhamos, pois, isso não era comum.

Quando qualquer cliente desejava reclamar de algo, mandava chamar o gerente e pronto. Simone se levantou afirmando que cuidaria do assunto, mas o funcionário reforçou que ele havia sido categórico ao manifestar que desejava falar comigo. Eu afirmei que estava tudo tranquilo e que o mandasse entrar. Ao transpor a porta, vi que se tratava do homem que eu esbarrara na noite anterior, se apresentou como Júlio. Trazia um buquê de rosas na mão, que me entregou com um sorriso. Ele era amável, sorridente, indagou se eu estava bem. Fiquei muito lisonjeada com aquela atenção, pedi um uísque para ele e um vinho para mim. A conversa fluiu descontraída, como se já nos conhecêssemos. Júlio me disse que era proprietário de uma escola de inglês e já possuía alguns franqueados. Eu quis saber um pouco mais a respeito desse modelo de negócios já que estava estudando implantar. Ao sair, me deixou seu cartão de visitas e ficamos de voltar a conversar sobre este assunto. Assim que ele saiu, Simone entrou no escritório numa velocidade que fez parecer que ela já estava ali o tempo todo. Indagou sobre as flores e a conversa. Resenhou que ele era um cliente muito frequente no estabelecimento, confirmei que já sabia e contei que foi a primeira vez que ganhei flores em um dia que não fosse o meu aniversário ou dos namorados. Ele havia sido muito atencioso ao perguntar se eu estava bem. Não fez menção ao dia anterior, quando me viu chorando, estranhei estes detalhes. Era uma delicadeza que eu não estava acostumada.

Pensei em ligar e agradecer a gentileza, mas os três dias seguintes foram muito corridos. Na quarta manhã, Júlio me ligou, não sei como ele conseguiu meu número e não perguntei. Eu usava um celular StarTAC de última geração, apesar de o sinal da operadora não ser bom. O número deste telefone era novo e poucas pessoas possuíam, penso que foi Simone quem lhe forneceu. Não quis perguntar a ela, pois, de qualquer forma, havia me poupado o tempo de ter feito a ligação. Júlio me convidou para um show do Skank, eles estavam com o megassucesso "Garota Nacional", música da qual eu gostava muito. O show seria no dia seguinte e, infelizmente, eu tinha me comprometido a ir jantar com meu pai — estava devendo isso a ele, pois andávamos um pouco afastados com o excesso de trabalho que eu tivera nos dois últimos meses. Marcamos de nos ver na semana seguinte.

Júlio me apanhou em casa. Trazia uma rosa na mão, abriu a porta do carro, estava muito bem-arrumado e cheiroso; tudo muito cafona, mas deliciosamente romântico. Ele era um gentleman. Tentei lembrar da última circunstância em que um homem havia me tratado assim e não consegui. Eu nunca tinha recebido tantos cuidados — essa era a verdade. Ele não era um cara bonito, do tipo de fechar o comércio; era charmoso e alegre, todos percebiam a presença dele por isso. Jantamos sob uma trilha sonora de cinema, me senti a própria Cinderela quando ele me deixou em meu domicílio antes da meia-noite. Da segunda vez que saímos fomos ao cinema, em cartaz estava uma comédia romântica britano estadunidense, "Emma". Saímos para tomar um chopp e a mesura se repetiu, cheguei em casa antes das doze badaladas do relógio.

Aquele ritual de mimos era extenso. Além de ter a porta do carro aberta, de ser posta do lado de dentro do passeio ao caminhar e ter a cadeira deslizada para eu me sentar, também ganhava chocolates belgas.

Na terceira vez que saímos ele me beijou, o primeiro beijo foi tímido.

— Por que fez isso? — perguntei. Ele, meio sem jeito, respondeu:

— Porque gosto! Eu gosto de você. — Achei tão fofo que respondi com outro beijo.

Saímos mais duas ou três vezes antes de irmos para cama. Ele beijava bem, me abraçava com paixão. Eu não dificultei e tampouco facilitei nada, apenas deixei rolar; ser cortejada era o máximo para quem sempre agira pelo desejo. Fui me envolvendo. Eu me deitava em seu colo, e ele permitia que eu ficasse por horas em seus braços conversando, falando dos meus planos. Sentia falta quando ele estava ausente. Eu comprava roupas novas, arrumava o cabelo e as unhas e esperava pelos elogios que nunca eram esquecidos. Eu não sentia mais vontade de estar com outros homens, o único vazio que eu sentia era na hora que ele se despedia. O tempo perto dele voava e se arrastava a cada passo que ele se afastava. Eram muitas as vezes em que ficávamos juntos tão somente pela presença um do outro, calados, sem dizer qualquer palavra. Não era raro me surpreender ao flagrá-lo olhando para mim, observando como se quisesse dizer algo. Quando perguntava: "O que foi?" Ele desviava o olhar e como quem sai de um transe apenas respondia: "Não é nada".

Certa feita, insisti muito para que ele dissesse o que estava pensando, até que ele evitou meus olhos e exclamou:

— Não sei se daremos certo!

— Por quê? — murmurei atônita.

— São muitas as razões; você é inquieta, bonita, não sei se vai se acostumar com uma vida tranquila como eu gosto de viver, e... as pessoas acham isso. Comentam como era sua vida quando você era casada.

Mascou umas duas palavras que não compreendi e completou:

— Pessoas distantes não cometem erros. Talvez, se nos afastarmos, você...

Interrompi alarmada e pedi:

— Eu tenho esperado por você toda minha vida; se não sou boa o suficiente, me conserte.

No início de 1997, decidimos que nos casaríamos — em maio. Finalmente eu descobri o que era amar. Eu que duvidei que esse sentimento existisse, agora estava viciada em filmes de romances. Comédias românticas tinham virado sessão especial em minha casa. Estes "enlatados" para televisão se juntaram a este sentimento recém-descoberto; o amor, para juntos me transformarem em uma sentimentaloide. Júlio já tinha se transformado na razão de minha vida. Eu sentia sua falta a todo instante e minhas pernas pareciam fraquejar quando eu estava ao seu lado.

Era difícil entender onde fora parar aquela mulher forte, decidida, que escolhia com quem dormir. O sexo com ele era calmo, reconfortante e revitalizante; me fazia lembrar da primeira vez que estive com Jaque. Não sei por que pensei nisso agora. Essa comparação parece profana, mas havia algo de puro, assim como profundo, em ambos. Não profundo como um abismo, mas enraizado em mim. Não existe amor sem transgressão — penso que, esse meu bem querer por Júlio, foi minha fraqueza e era meu pecado. Ou haveria outro pecado a ser descoberto? O certo era que com ele me sentia mais próximo de ser uma borboleta do que uma libélula.

Senti-me inspirada ao ponto de escrever um verso:

Se nem eu me reconheço,
Se olho para céu e penso que aquele cometa possa ser eu,
Se tudo parece lindo e nada é maravilhoso.
Talvez, ser eu já não me convenha.

Minha mãe vinha sendo minha conselheira em diversos assuntos, mas eu evitava falar sobre minha relação de paixão. Tinha medo que ela tentasse tirar aquilo de mim, tentasse remover aquilo do meu coração. Não sei por que pensava assim. O casal, Dona Carmem e Seu Ximenes havia se separado, sim, no entanto, ela vivia muito bem com Carlinhos e ele com Maria. É costume do ser humano fazer relações de assuntos que nada tem a ver com outros, também é da nossa natureza temer a perda de qualquer coisa que nos mantenham felizes. Achei melhor simplesmente afastar a separação dos meus pais da minha mente e seguir aproveitando cada momento ao lado de Júlio.

Certo dia entrei na sala do meu apartamento e ele estava ao telefone, achei que tivesse ficado desconfortável com minha chegada. Perguntei com que ele estava falando, o acusei de ter um caso, briguei e falei horrores. Meia hora depois, chegou em minha porta um entregador de uma floricultura, com dúzias de rosas. Ele me olhou como sempre fazia e me segurou pela cintura. — Hum!? Um ataque de ciúmes, que inusitado! Viu sua boba? Eu estava confabulando a entrega com a florista — disse, sorrindo. Ele riu muito, achou a cena fofa, mas exagerada. Afirmou que não existia outra mulher na Terra com quem ele quisesse estar. Jurou que me amava e que não sabia que o ciúme fosse capaz de me deixar mais linda. Fiquei corada, eu nunca agira daquela forma, por que eu fizera aquilo

Pensar que ele pudesse estar me traindo foi terrível e eu não podia imaginar aquilo acontecendo. Aquele temor me corroía e despertava sensações ruins, eu experimentava um sentimento possessivo jamais experimentado e que devia estar guardado há séculos dentro de mim, sem que eu soubesse. Passei a verificar, de vez em quando, seus bolsos, seu telefone e dentro do carro. Alguns dias depois daquela cena encontrei um papel de Sonho de Valsa no bolso do seu blazer, quis saber o porquê de ele ter guardado uma embalagem. Ele disse que comprou o jornal e o bombom pela manhã, comeu e não achou uma lixeira; para não jogar no chão guardou e acabou se esquecendo de jogar fora depois. Fazia sentido, era mesmo do feitio dele uma atitude tão educada. Eu já o tinha observado fazer aquilo antes.

Bobagem, deixei de lado — mas ele pareceu não ter apreciado a abordagem.

Um susto, uma revelação e uma

Recaída

A campainha tocou e abri a porta sem pensar. Meus vizinhos não eram de bater à minha porta, no entanto, o zelador sim, de quando em vez trazia minha correspondência. Também não era Seu Francisco, era Franco, que certamente se aproveitou do descuido na portaria para subir sem ser anunciado. Já com um pé para dentro da sala, perguntou se podia entrar. Afastei-me, abrindo caminho.

— Estou surpresa em ver você.

— Não vou dizer que estava por perto e resolvi fazer uma visita.

— Imagino que não.

— Vim decidido a não deixar você se casar.

— Outra loucura como aquele acesso que você teve da última vez em que estivemos juntos?

— Dri, você sabe o que fui fazer naquele dia em sua casa?

— Não, eu não sei.

— Eu havia planejado apanhar você e levá-la para a cachoeira, pensei que nos amaríamos ali, diante de uma enorme lua cheia. Sei que você gosta dessas aventuras, e, ao final, eu tencionava pedi-la em casamento. Eu estava..., bem, eu sou apaixonado por você.

Fiquei tão estática que ele me pegou nos braços. Tocava uma música suave no rádio, e ele dançou comigo, me conduzindo com carinho. Enquanto tentava digerir tudo aquilo, fui me lembrando de quando era criança e meu pai dançava comigo daquele jeito. Eu, ainda pequena, subia em seus pés e ele seguia com passos de ternura ao ritmo das músicas.

Franco voltou e fechou a porta, não resisti e deixei-me ser levada para o quarto. Fizemos amor com aquela luxuria que o Júlio não me proporcionava, eu sentia falta de algo como aquele para apagar o meu fogo.

— Isso não vai acontecer, não vou desistir do casamento. Eu amo o Júlio.

— Verdade é uma questão de fé, acredite em uma mentira e ela vai ganhar vida própria. Percebe que eu estou aqui?

— Isso não vai mudar em nada.

— Sexo é uma recompensa, ou melhor, é um presente do amor.

— Não seja brega, não combina com você. Para mim, sexo é sexo, como água e ar, eu preciso e é só.

Franco foi embora visivelmente chateado, e eu, como Libélula, cantei naquela tarde como fazem as cigarras na primavera.

Cheguei ao Altar

Finalmente chegou o dia do casamento. Nem vou relatar o estresse dos preparativos, eu já era magra e resolvi não comer direito por dias, como resultado, tivemos que ajustar o vestido no último instante. Meus pais estavam de lados opostos na igreja, era a primeira vez que eles se viam depois de todos aqueles longos anos. Não tive olhos para reparar, mas, mais tarde, Simone me contou que eles pareciam estranhos um para o outro. Não se falaram, não se olharam, não mostraram qualquer sentimento. Eles se cumprimentaram perto de mim durante as fotos na escadaria da igreja. Não senti a existência de rancor nem amor entre eles, eram como ex-colegas que se encontram e que nada têm a dizer um ao outro.

Dormimos em um hotel na cidade, no dia seguinte embarcamos para São Paulo e de lá seguimos para Londres, para a lua de mel. A aeronave levantou voo às vinte e duas, no horário local e aguardei o fim dos procedimentos do serviço de bordo e, depois, pela acomodação dos passageiros. Com o tempo, a ansiedade das pessoas começou a diminuir, o cansaço enfim venceu e todos se aquietaram. Por volta das duas horas da manhã, acordei Júlio e segredei que estava na hora de realizar minha fantasia. Não lhe falei que seria a minha fantasia de número cinco, apenas pedi que me acompanhasse até o banheiro. Ele pareceu não acreditar, loucuras não faziam bem o tipo dele, apesar de ser um cara extrovertido, quando o assunto era sexo, ele era meio certinho. Tentou argumentar perguntando se eu havia perdido a cabeça, se eu estava doida. Não dei bola, disse que deveria me seguir, senão eu faria um escândalo — claro que ele sabia que eu não chegaria a esse ponto, mas me acompanhou.

Esbarramos em passageiros que dormiam com a cabeça pendendo para o corredor, algumas reclamavam, outras apenas se mexiam e as demais murmuravam sons incompreensíveis. Pensei que os banheiros das aeronaves que voavam longas distâncias, em cruzeiro, fossem muito maiores que os de aeronaves comuns, mas não tinha nada de extraordinário.

Era excitante saber que estávamos a onze mil metros de altitude, com um monte de gente do lado de fora. Começamos a nos beijar e a nos acariciar. Havia aquele barulhinho do avião, que dá a sensação de ser mais forte no interior do banheiro. Júlio tocou os meus seios e testou meu sexo com as mãos, soltei o cinto das calças dele e apalpei por dentro, segurei seu pênis confirmando que ele estava tão excitado quanto eu. O espaço era assombroso de pequeno e isso também parecia ser excitante; imagine ter que fazer o que a gente se propunha onde mal cabia uma única pessoa. Me posicionei de forma que eu ficava de frente para a parede externa do avião e meu amado de costas para a porta, ele me abraçou por trás e me penetrou no meu sexo, que estava totalmente molhado. Com o dedo médio da mão direita, ele acariciava os lábios superiores da minha vulva. Não havia espaço para movimentos frenéticos. Júlio beijava minha nuca e sussurrava, me chamando de amor. Fizemos mais barulho do que pretendíamos e o tempo pareceu uma eternidade. Nos higienizar dentro daquele cubículo deu trabalho, mas quem se importa? Eu adorei. Minha quarta fantasia tinha valido a pena.

Voltamos para nossos assentos sob protestos equivalentes à nossa primeira travessia pelo corredor. Júlio me ofereceu seus braços e dormimos o delicioso sono dos justos, ainda que isso pareça impossível em assentos de avião. O voo durou pouco mais de 14 horas, levamos 20 minutos para pegar as malas e mais 1 hora para passar no setor de imigração. Por fim, apanhamos um táxi — ou "black cabs", como eles chamam por lá — um charmoso carro Austin preto, levemente azulado, que nos levou ao hotel The Ritz London, em Piccadilly, centro Londrino. Este trajeto entre o aeroporto Heathrow e a hospedagem nos consumiu mais quarenta minutos e o valor da corrida era uma fortuna para os padrões brasileiros. No saguão o check-in durou mais quinze minutos e, do lado de fora, a temperatura era de algo na casa dos 14 °C. O que me incomodava naquele momento era o cansaço e as dores em todo o corpo. Desmaiamos no quarto, sem desejar ver qualquer novidade ou mesmo comer algo. Acordei por volta das 20 horas, Júlio havia pedido jantar no quarto e olhava ternura para mim. Tomamos banho, jantamos e nos amamos sem pressa. Nos casamos em uma quinta-feira, era um dia pouco comum para um casamento, mas queríamos aproveitar a semana visitando Londres com tudo que ela oferecia de melhor. Acordamos às 10:00 horas, nos apressamos no banho e no esplêndido café do hotel, queríamos assistir à troca de guarda no Palácio de Buckingham, que acontecia às 11:30 horas. O palácio não era distante, fomos caminhando por dentro do Green Park. O que seria uma caminhada de cinco ou sete minutos, se deu em quinze, devido às paradas para fotografias. A troca dos agentes no palácio era uma cerimônia conhecida em todo o mundo e é uma das principais atrações turísticas de Londres. Ela acontece na entrada principal do Palácio de Buckingham. Os guardas responsáveis pela segurança se apresentam com enormes chapéus com plumas e desfilam ao som de músicas de diferentes ritmos, tocados por uma banda militar. O evento ocorre em bonitos e entediantes quarenta e cinco minutos.

Saímos de lá para conhecer a mansão Apsley House. A residência pertencia ao Duque de Wellington e é repleta de tesouros que ele recebeu em homenagem às inúmeras vitórias militares por ele conquistadas. Sua vitória mais importante foi na batalha de Waterloo sobre Napoleão. Depois fomos ao Museu Sir John Soane's. O mais impressionante é que todos estes passeios foram totalmente gratuitos e nos consumiram quase todo o dia. Voltamos para o hotel para descansarmos, à noite havíamos combinado de jantarmos no Scalini; nossa reserva havia sido providenciada há mais de um mês. Terminamos a noite desejando apenas cama; o champanhe consumido no elegante restaurante cumpria seu papel de relaxante e nos ninou para um sono profundo. Na manhã seguinte saímos do quarto apenas após o almoço, deveria ser um dia cheio de atrações. Planejamos visitar o Big Ben, Tower of London, Parliament Square, London Eye, Trafalgar Square e Madame Tussauds, o museu de cera que eu esperava muito conhecer. No meio do caminho paramos para um café e Júlio entabulou uma alegre conversa com uma francesa que estava morando em Londres; eram sorrisos e gestos largos, vindos dos dois lados. Ele sabia que meu inglês era péssimo e ouvir os dois naquela conversação me deixou furiosa. Levantei-me e voltei para o hotel. Júlio veio correndo atrás de mim, querendo entender o que estava acontecendo; eu não quis conversa, fechei a cara e passei o resto da tarde fingindo ler uma revista. Algo estranho para quem não dominava o idioma, no entanto, ele nada comentou.

Aquela chuvinha londrina fina deu uma trégua na manhã seguinte. Acordei de bom humor e não me lembrava de ter estado chateada no dia anterior, mas Júlio não gostou da cena e não havia esquecido. Foi preciso derramar carinhos e beijinhos para ele mudar de fisionomia.

Saímos do hotel, a temperatura era bem agradável, os dias em maio eram longos e o horário de verão prolongava essa sensação; o sol podia ser visto até às 21:00 horas. Aquele passeio era o mais esperado por mim. Como o tempo estava bonito resolvemos seguir nosso destino a pé, mas, logo no primeiro quilômetro, desistimos e pegamos um táxi. Passamos pelo marco Marble Arch, vencemos os 5 km entre o hotel e o meu sonho. Descemos do automóvel mediante a cena mais pitoresca que eu, você ou qualquer pessoa pode imaginar. O congestionamento de veículos na rua era infinitamente menor do que aquele que ocorria na faixa de pedestres. Nós estávamos, é claro, em Abbey Road, onde os Beatles haviam tirado a foto para o álbum de mesmo nome.

Quando um amor se complica

De volta ao Brasil, entramos na rotina de trabalho e casa, como ingredientes extras, acrescentamos o processo de brigar e reatar. Tudo caía na minha conta, eu sempre era a culpada segundo Júlio, que depois passou a resmungar que minhas crises de ciúmes pareciam torturas idealizadas com hora marcada. Eu não fazia por mal, meu sangue fervia com qualquer pensamento de perdê-lo, fossem ameaças reais ou imaginárias — ele jurava que sempre eram imaginárias. No começo ele me fazia carinho, dizia que me amava, que eu era tola por pensar que ele me trocaria por outra. Um certo dia, argumentou que ciúme em uma relação era algo bom, mas tinha a medida certa, que funciona tanto como veneno quanto remédio, o volume da dose é que determinaria.

Com o tempo, ele parou de me procurar depois das brigas, já não oferecia um mimo, não tentava fazer as pazes e eu passei a pedir desculpas, repetindo que o amava e que não tinha ocasionado por mal. Estabeleci uma nova rotina depois de brigar; pedir perdão. Ninguém pode imaginar o que senti quando o ouvi pronunciar antes de sair batendo a porta: "No amor, o óbvio também precisa ser dito — não consigo deixar de te amar, mas, por mais que eu odeie essa ideia, vou acabar indo embora de vez".

Era impossível para a minha natureza suportar pressão. Tomei um banho, me vesti calmamente e saí.

Eu tinha outros pecados no amor

O porteiro interfonou para o apartamento, me anunciando. Sua cabeça moveu-se em confirmação, e ele apontou os elevadores. Ouvi a porta se fechando atrás de mim e apertei o número dezoito, o conhecido chiado anunciava que meu destino era galgado. Quando a porta se abriu, Franco já me aguardava do lado de fora. Sorri, e ele segurou meu cotovelo, me fazendo girar e entrar no mesmo elevador. Fomos direto para a garagem, entramos em seu carro e ele deu a partida. O clima era estranho, nada dissemos. Ele sabia o porquê de tê-lo procurado, e eu não tinha dúvidas para onde ele se dirigia. Tomou o rumo da nova entrada da cidade e adentrou em um luxuoso motel recém-inaugurado. Eu vestia um vestido em um tom quase azul bebê, curto, pouco acima dos joelhos, justo, delineando meu corpo e se fechava com um zíper nas costas. Enquanto ele me olhava, fui me despindo devagar, fazendo cena, quase um strip-tease, tirando aquela peça como uma flor que se despede das pétalas para se vestir de fruto. Franco se levantou rispidamente, segurou minha calcinha — fina lingerie — e a rasgou. Eu não estava usando sutiã. Fiquei surpresa e muda quando me jogou em um sofá estilo divã, permanecendo de pé e caminhando de forma segura. Livrou-se de minhas sandálias, abriu minhas pernas e as colocou em volta de si. Não trocamos palavras, beijos ou carícias. Assim, sem qualquer cuidado, ele me penetrou, e eu gritei, envolvi seu corpo, apertando-o com minhas pernas. Quando comecei a me sentir confortável com aquele vai e vêm, ele saiu de dentro de mim, me apanhou no colo e me levou para a cama. Ajeitou os travesseiros, se deitou com as costas altas e me arrastou para cima de seu colo. Cavalguei em frenesi aquele corpanzil; cada vez que eu subia, levava tapas em meu traseiro e o ouvia me chamar de cadela, de vadia, dizendo que eu não prestava. Fechei meus olhos, evitando olhar aquele semblante que transbordava amor e ódio, apreciei cada segundo daquele momento de sexo selvagem. Sei que ele estava querendo me punir por eu ter me casado e, sem perceber, realizava meu quarto desejo: apanhei com prazer.

Ficamos em silêncio, deitados, olhando o espelho no teto até que ele sacou um cigarro não sei de onde e acendeu. Era a primeira vez que eu o via fumando, mas não quis fazer comentários a respeito. Comecei a perceber que ele estava mais magro, olheiras não profundas e alguns fios de cabelo brancos. Sua idade não seria responsável por essas mudanças; concluí que ele deveria estar cometendo outros excessos além de fumar.

Enquanto soltava pequenas nuvens de fumaça, murmurou:

— Por que você fez isso comigo, quero dizer, com a gente?

— Fiz o quê?

— Ter se casado.

— Eu estava triste, conheci Júlio e me apaixonei. Queria viver um conto de fadas, acho.

— Não estaria comigo nesse instante se estivesse vivendo.

— Fato, mas não é fácil de explicar.

— Não quer tentar?

— Não, quero apenas aproveitar o momento.

— Aproveite, pois, não serei seu brinquedo por toda vida.

— Quando você passou a ser tão ácido?

— Quando descobri que te amava e que havia te perdido.

— Por que me trouxe para este local e não me quis em sua casa? Havia mais alguém lá?

— De forma nenhuma. Ao contrário de você, se eu estivesse com outra pessoa não estaria aqui,

— Então!?

— Tivemos bons momentos ali, não queria misturar lembranças, estamos em conjunturas diferentes agora.

Voltei para casa com meu ego massageado por saber que Franco ainda me amava. Relaxada pelo delicioso sexo que fizemos, eu, Libélula, precisava daquilo.

Mais forte do que Eu

Encontrei-me mais algumas vezes com Franco, não posso descrever quantas mais. Cada vez precisava mais do sexo. Caí em um tipo de redemoinho que não me permitia escapar. Sair com Júlio gerava em mim o receio de que ele agisse comigo da maneira exata que eu estava agindo com ele. Essa insegurança me fazia sentir mais necessidade do prazer que Franco me proporcionava.

Finalmente percebi a origem daquele ciúme doentio e possessivo que crescia em mim. Sem forças para abandonar Franco e também para dominar aqueles acessos em casa, fui caindo no abismo nebuloso que se abria sob meus pés. Era também como se o Sol se pusesse e a escuridão me cercasse, atraindo uma tempestade que desabaria de forma pontual, manifestando maior interesse sobre minha cabeça. Ficou claro que eu não era a mulher livre que pensava ser, eu era apenas uma mulher egoísta em uma situação que não tinha mais jeito. No espaço de seis meses nos separamos quatro vezes, nas duas primeiras ele mudou de quarto e, nas outras, tive que buscá-lo em um hotel. Eu já não sabia o que fazer para mantê-lo ao meu lado, o trabalho não era mais prazeroso, eu ficava doida para que chegasse a hora de voltar para casa. Depois da última vez que ele retornou consegui me segurar. Viramos o ano com toda família reunida, inclusive meus pais estavam presentes.

A uma certa altura da noite, Maria me chamou em um canto e começou a me dar conselhos. Pedia que eu me acalmasse; entendi que Júlio havia se queixado, não gostei deste gesto dele, resolvi aceitar como uma ação de boa vontade para evitar novas polêmicas. Vivemos uma trégua e uma segunda lua de mel com passeios por algumas cidades históricas mineiras, mas, alguns dias depois, tivemos a maior briga de nossas vidas. Falei coisas, ouvi outras e, por fim, quis feri-lo. Disse a ele que eu tivera homens melhores do que ele na cama e que se ele quisesse ir, que fosse "não faltariam homens para me querer".

Esta foi a frase mais estúpida que eu já fiz. Ele se foi. Durante a sua saída eu já estava arrependida, tentei demovê-lo da ideia, pedi desculpas, me joguei a seus pés, por fim arranquei-lhe das mãos as malas, mas ele se foi não deixando de dizer:

— Você vai ficar bem melhor sem mim.

Coloquei o som no último volume e comecei a beber. Bebia, dançava, chorava, apanhei o telefone e liguei vinte vezes ou mais, ele não atendeu, deixei recados e ele também não retornou as ligações. Vazio é algo que ocupa espaço demais, eu já sentira aquilo antes. Apanhei as chaves do carro, chovia torrencialmente, eu saí decidida a trazê-lo de volta a qualquer preço. Acelerei pelas ruas, os sinais iam se fechando e... Aquele barulho... Ai meu Deus!

Epìlogo

— Mais alguma coisa a dizer?

— Não padre, esta é toda a minha confissão.

— Por que "libélula", afinal?

— As libélulas são insetos que são sempre associadas às lendas de liberdade e transformação. Suas asas são bonitas e seu corpo esbelto. Ela é veloz para fugir de seus predadores, é também uma predadora voraz. Sua vida é curta e, para os índios americanos, ela representa os mortos. Em várias tradições, a libélula é o símbolo de transformação e de mudanças, mas também da introspecção, que ensina a ir além das aparências para procurar sua identidade. Devido a metamorfose de larva para inseto, esse ser também representa a transição da infância para a idade adulta e, portanto, em certo sentido, da superação das ilusões[1]. Eu fui uma predadora, padre!

— Não, minha filha, você não foi uma libélula. Você é uma borboleta que saiu do casulo antes da hora. Eu te abençoo e te absolvo dos teus pecados.

Cinco dias depois do acidente que ocorreu em uma madrugada, a história da borboleta que acreditava ser uma libélula chegou ao fim.

1 Baseado na descrição de Cíntia Ferreira — Paulistana, formada em Jornalismo pela Universidade de Santo Amaro.

Bio

Desde muito cedo, ainda criança, tomei gosto por contar histórias e apesar de fantásticas para o mundo dos adultos em minha cabeça pareciam plausíveis. Especialista em logística, dirigi empresas no ramo de transportes e no ramo de distribuição de calçados. Já administrei consultoria para empresas promovendo treinamento para equipes de vendas até que me rendi ao desejo de voltar a contar minhas histórias. Conheci boa parte do território brasileiro e fui juntando personagens ricos de brasilidade na espera de poder reuni-los em papel nos contos que habitavam meu íntimo. Iniciei compondo letras de músicas com amigos de fora do país e depois me voltei para os ritmos brasileiros. Entrego nessa obra, a história mais picante que até então ousei pôr no papel.

...Como bônus, em agradecimento por você ter me acompanhado até aqui, ofereço um conto extra.

Boa leitura!

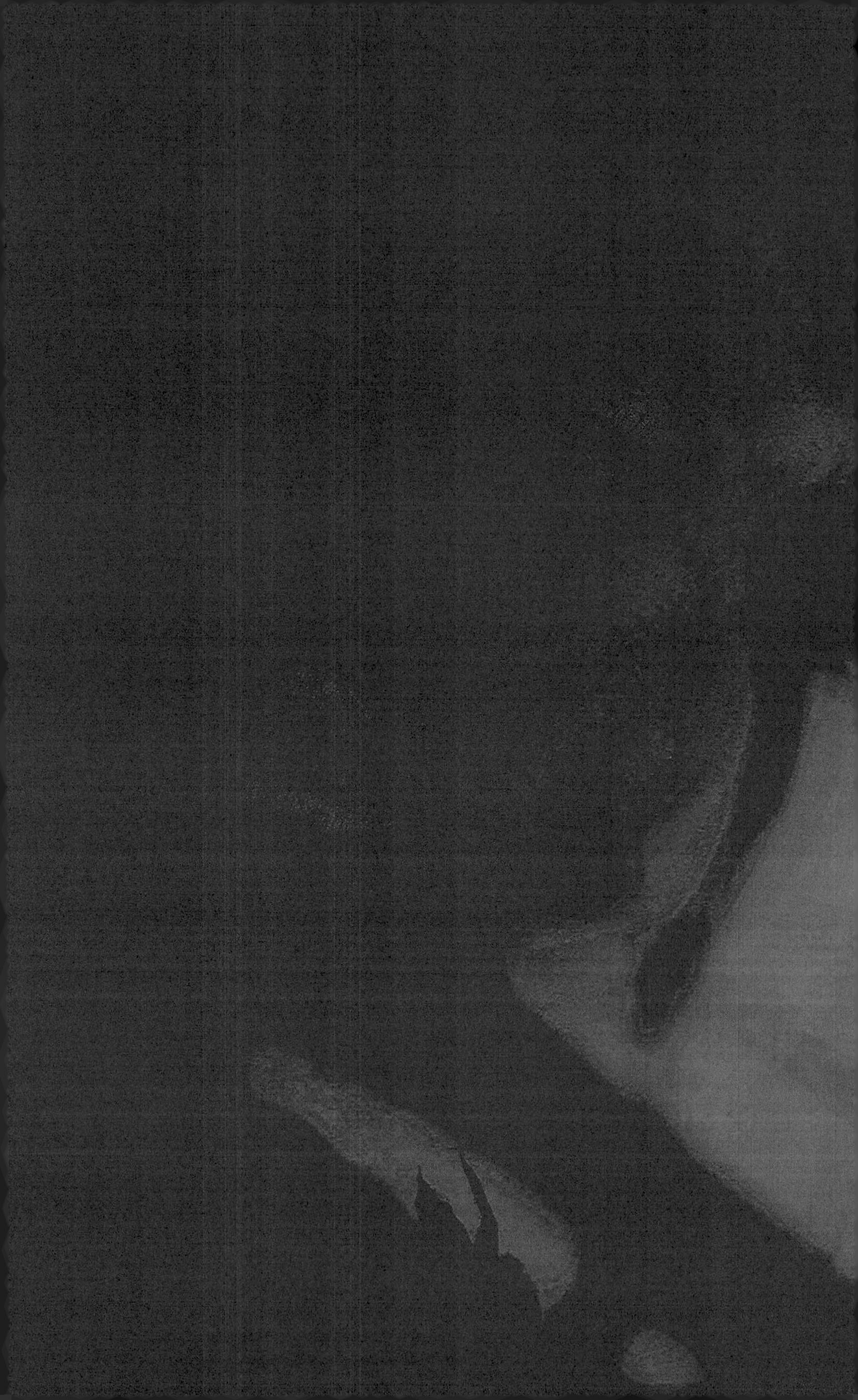

Contos de Alcova

Contados por quem estava lá

O insólito da vida humana geralmente acontece entre quatro paredes. Por vezes, pela falta de olhos e ouvidos extras que possam assistir a estas histórias, elas não são contadas e morrem logo que acontecem. Mas, e se os objetos pudessem por exemplo, contar o que se passa nos quartos de motéis?

O inverno havia sido rigoroso, a primavera brilhante e o verão que se iniciava prometia dias de calor intenso. Era o momento que as pessoas, em todos os lugares, buscavam renovar aparelhos que pudessem trazer conforto na estação mais quente do ano. Aqueles homens entraram carregando uma caixa, com a qual, sem nenhum cuidado, esbarraram em tudo, ignorando o aviso em letras garrafais que se lia "Cuidado Frágil". Rasgaram o papelão, espalharam isopor e plástico pelo quarto e ligaram o artefato na tomada. Saíram deixando a bagunça, não antes de dizerem algumas piadas. Um deles até ousou dar um leve tapa na bunda da moça que os acompanhava. Ela, copeira, trabalhava ali a tempo suficiente para estar acostumada com estes engraçadinhos, não fazia mais reclamações com o gerente, tampouco levava a cara amarrada de raiva para casa.

Juntou toda aquela sujeira e se deitou na cama, olhando para o espelho do teto e, por instantes, sonhava que ali se refletia sua imagem acompanhada de um belo e viril rapaz. Ela acabou torcendo o nariz para a realidade e se levantou para terminar de limpar aquela sujeira. Saiu, cantando baixinho alguma melodia da moda. Não tardou a retornar com sacos onde podia se ver latas de refrigerantes, cervejas, sucos, garrafinhas de bebidas alcoólicas, e copos fechados com água mineral. Chocolates, batatas fritas e salgadinhos em pacotes, vinham em uma sacola à parte. Passou um pano úmido no frigobar, que acabara de ser instalado e acomodou os pertences que trouxera, sendo a maior parte dentro do aparelho. Os demais itens foram cuidadosamente arranjados em cima do frigobar. Conferiu se toalhas, sabonetes e preservativos estavam dispostos de forma e nos lugares corretos, esticou lençol, apanhou a caixa que levava consigo e saiu.

— Psiu, ei! Novato, você aí, forasteiro, não fala com estranhos?

— Quem, eu? Mas claro que falo, estava tentando entender aonde vim parar.

— Você não percebeu que está em um quarto de motel? — perguntou o grande espelho no teto.

— Motel? — perguntou surpreso.

— Vejo que você é mesmo muito novo, e não sabe de nada desta vida. Prazer, eu sou o rei, aqui eu vejo e sei de tudo.

— Tudo não, senhor — respondeu o Abajur, que era muito mal-humorado. — Lá no banheiro você nada vê, se não fosse seu primo instalado no lado de lá, você nada saberia sobre aquelas cercanias. — O Espelho fez que não ouviu e perguntou para o novato:

— Quem é você? Não está vendo que ele é mais um frigobar daquela marca famosa? — O Abajur voltava a se intrometer, antes que a resposta viesse.

— Eu me referia ao nome dele.

— Podem me chamar de Frigo — respondeu.

— Você disse motel, o que é um motel?

— Ah, rapaz! Neste lugar é que as coisas acontecem, famílias começam ou terminam, namoros são interrompidos e vão embora. Segredos são revelados ou iniciados. — Divagou o Espelho. — Aqui você vai ver de tudo, amores comprados ou verdadeiros. É neste palco que presenciamos os sentimentos e as sensações dos humanos, como prazeres fingidos, ensaiados, manipulados e pasme, até alegria genuína podemos acompanhar.

Você verá tudo isso, se ficar tempo suficiente, é claro.

— Nossa, um parque de diversão! — disse

Frigo, entusiasmado.

— Mais ou menos isso — continuou o Espelho, de forma irônica.

— Só que com prazeres reais ou fingidos, como disse. No entanto, não se iluda, brigas também acontecem e frustrações são recorrentes.

— Estou ficando maluco com isso, parece

um hospício então.

— Às vezes parece mesmo — concluiu o

Espelho.

— Eu sonhava em ir parar no escritório de um magnata. — Resmungou Frigo.

— Não seria tão divertido e, além do mais, aqui ficamos mais tempo, não somos logo descartados. Veja o Espelho, está aqui desde a inauguração, há 30 anos. — Entregou a Moldura do Quadro que, até aquele momento, se mantinha calada.

— Todo mundo aqui vive tranquilo, fora Dona Cama e as Toalhas. — Seguiu alfinetando a Moldura.

— Esqueceu de mim, desmilinguido, acha minha vida fácil com os balanços e galopes que eu tenho que dar? — Reclamou a Cadeira, a quem chamavam Erótica.

— Nem é tanto assim, quase ninguém gosta de você — respondeu o Espelho, cheio de si. — Aquela algazarra ia longe quando o espelho disse ao Rádio:

— Grande falador, você está doido para contar casos para o novato, que eu sei. Por que não conta logo?

— Conte-me, conte-me... Estou curioso para saber o que as pessoas fazem aqui. — Frigo pediu a divertir-se.

— Eu não posso. — Resmungou tristemente o rádio, completando: — Sou o único daqui que os humanos ouvem. Se eu continuar a falar, logo aparece alguém para me desligar. Conte você, seu Espelho futriqueiro.

Ajustando seu brilho e conferindo que poderia ser ouvido por todos no recinto, o Espelho raspou a garganta e começou:

O Conto Da Libélula

Caso primeiro

— Bem, foram vocês que pediram, então lá vai. — Era a deixa que o Espelho queria. — Dessa história você vai gostar — afirmou, rindo.

Certa feita, chegou aqui um cara, morto de bêbado. Não sabemos como ele conseguiu manobrar o carro para entrar na garagem. Mas, o fato é que entrou e trazia consigo um transexual a tiracolo — o que antes era chamado pelos termos pejorativos de Travesti, ou Traveco. Cheio de amores, o bêbado o abraçava e beijava, enquanto o outro insistia, com sua voz falseada em feminino:

— Primeiro me paga, amorzinho, "que eu faço tudo, não nego nada". — Pois bem! O bêbado realizou o pagamento. O travesti, que era do estilo "minhonzinha", sabe? Tipo menininha mesmo. Pequena, bem-arrumada, não usava perfume, mas com seus gestos largos me fez lembrar uma mulher que esteve aqui uns dias antes, que acabou empesteando o ambiente com o forte perfume que usava. Quando começou a tirar os enchimentos, o homem arregalou os olhos quando viu o que o outro trazia entre as pernas e começou a protestar:

— Ei! Não é isso não, não quero isso não.

Você me enganou.

— Olha aqui benzinho — disse o travesti —, eu não o enganei de jeito nenhum... Eu estava trabalhando quando você me chamou para sair. Se quer que eu vá embora eu vou, mas você não é cego, e devolver dinheiro eu não devolvo.

— Você me enganou sim! Quero meu dinheiro de volta, seu 'peru emplumado'.

— Ah! isso é que não, não devolvo mesmo. E se você não me levar no ponto onde me pegou, vou querer um extra para o táxi.

A discussão ia longe quando o bêbado tentou tomar o dinheiro dando um empurrão no rapaz travestido. Aquela menina delicada se levantou do chão e num movimento muito rápido encheu o nariz dele com uma porrada — não foi preciso mais que um soco para o marmanjo desmoronar. Depois, a linda flor, pôs o cara de quatro e meteu-lhe a vara. O pênis do Travesti era no mínimo o dobro da dele, imagina a surra de pica. Se não fosse a recepção chamar a polícia, o camarada ainda estaria sendo sodomizado até hoje.

Depois de algemar os dois, o sargento disse:

— Vocês vão se explicar para o delegado, aqui eu só quero saber qual é o nome de você dois?

O bêbado, que ainda gemia, dava pinta de que o álcool ia sumindo do corpo respondeu constrangido:

— Ronaldo, seu 'doutô' — tentando se recompor para não perder a majestade, o outro falou, delicadamente, com a voz fina: — José Fernandes.

Caso Segundo

À Moldura também adorava contar casos, e mal o Espelho concluiu a última frase e lá estava ela se manifestando, tipo aquelas pessoas que ficam nas rodas de amigos, doidas para interromper os demais e contar a própria estória, passando de ouvinte a protagonista.

— Também teve aquela vez em que dois casais de namorados chegaram no mesmo carro, cada um seguiu para uma suíte, um deles para essa. Falavam de uma festa de onde recém saíram, e resolveram dormir aqui, pois moravam em outro município e não queriam pegar estrada àquela hora. O primeiro casal continuou a festinha aqui. Era guerra de travesseiros, pega-pega, jogaram o jogo dos palitinhos e, a cada três partidas perdidas, o perdedor deveria tirar uma peça de roupa que iam espalhando pelo quarto. Após ficarem nus, seguiram para a hidromassagem. Eram mais que adolescentes em idade, mas, nas brincadeiras... Você precisava ver, era um horror de libidinoso! — Se beijavam como se fosse a primeira vez e também a última, não queriam deixar para o dia seguinte o que estavam determinados a fazer naquele dia. Pareciam conferir um ao outro, desejos e necessidades que sabiam que podiam ser satisfeitos, mas não tinham pressa em chegar ao final. Ele beijava os pés dela e ela mordia as bochechas dele, aquilo tudo já levava um tempinho quando o interfone tocou. Era a amiga deles que estava com o parceiro no quarto ao lado. Ela chorava e reclamava que o namorado deitou enquanto ela tomava banho e dormiu. — Sim, o cara apagou e a menina estava cheia de fogo — enfatizou radiante a Moldura.

— Tem problema não amiga, vem pra cá — fez o convite a amiga que, até aquele instante, reinava sozinha na festa.

— E aí? Conta logo!

— Calma Frigo, eu chego lá! — disse a Moldura. — Aí a menina veio rindo até os últimos dentes, chegou dançando um forró que o Rádio tocava. Fazendo strip-tease, passava a língua nos lábios, feito gata no cio. Beijava a amiga e o rapaz, como se eles já estivessem estados outras vezes em circunstâncias semelhantes. — Por isso tenho minhas dúvidas se esta festa já não tinha se repetido em outras ocasiões — acrescentou maliciosamente a Moldura. Sem perder o ritmo continuou: — O cara era malandro, deixava que elas se embolassem, se excitassem e assistia a tudo esperando a vez de pular no ninho. Quando acabou indo, deu conta do recado. A festa se estendeu por um longo tempo.

— E depois? — Questionou Frigo.

— Ah! depois ela voltou para o quarto do namorado para dormir ao lado dele, como uma santa. O que você esperava?

Caso terceiro

— É pessoal, eu acho que vou gostar deste lugar — afirmou Frigo.

— Não se precipite, novato — acenava o Abajur, voltando a cena. — Aqui também tem casos do outro mundo.

— Como assim?

— Não ligue para o que o Abajur diz — interrompeu o Espelho —; além de mal-humorado, também é um cara supersticioso.

— Supersticioso, eu? Sou somente cismado com certas coisas. Conte a ele o caso da desencarnada para ele mesmo poder julgar.

— Cruz em credo! Do que ele está falando?

— Bem, o negócio é meio bizarro mesmo, mas chega a ser engraçado — contava o Espelho. — Tem um indivíduo que vem aqui há muitos anos e apenas em uma data específica. O Rádio ou a Televisão, não me lembro bem qual deles, descobriu certa vez, que este cliente matou a noiva e cumpriu pena de nove anos por isso. Saiu devido às facilidades das leis dos homens.

Nem o Rádio, nem a TV se atreveram a dizer qual dos dois descobriu a história. Então o Espelho raspou a garganta, como era de seu costume quando queria chamar a atenção para sua narrativa, e continuou:

— Tem amores que atravessam o tempo e os mundos. O cara descobriu que a noiva o tinha traído e, em um acesso de loucura, ele cometeu o crime. Teve muito tempo para se arrepender e pedir perdão a quem estava do outro lado, ela devia amá-lo muito também. Se reconciliaram, sabe-se lá como. Mas, haja vista que uma vez por ano ele aparece aqui com alguma médium para receber a desencarnada e reviver o grande amor — isso só prova que ele é grande mesmo. Sem dor nem rancor eles se abraçam e se beijam, riem felizes e fazem amor. Veja que lindo, dá para acreditar?

Uma Pausa

Ouviu-se um estalo alto em todo o quarto, acompanhado por um barulho contínuo. "Quietos aí galera, o portão eletrônico está se abrindo", avisou o Interfone e, antes de se calar, completou: "Acabei de saber pelo meu primo da recepção que é aquele casal chato do 'Papai e Mamãe'." Todos se calaram e o casal entrou no quarto.

Para a primeira vez do Frigo, essa não foi uma estreia muito empolgante, nada de mais aconteceu, como era esperado por todos. Uns beijinhos, uns amassos, carinhos ortodoxos e pimba: "Papai e Mamãe". Beber não beberam, comer não comeram; o cara era um sovina, mão de vaca assumido, que sempre olhava o cardápio e reclamava do preço. Seu passar de olhos no cardápio deveria ser por vício ou pela esperança de encontrar alguma promoção imperdível, mas promoção, isso também não tinha e enfiar a mão na carteira ele não queria. O negócio era ir para os "finalmentes" antes que extrapolasse a hora e tivesse que pagar além do período.

Para Frigo, foi decepcionante; sua porta sequer foi tocada e ele não pôde ser útil. Quando o casal saiu e a camareira terminou seu serviço, deixando tudo em ordem, o conversador finalmente recomeçou a falar. A turma se dividia. Havia os que preferiam a tranquilidade de casais, tipo o que acabaram de estar ali, e os outros que gostavam dos pares que deixam estórias bizarras ou cômicas para serem lembradas.

— Finalmente entendi que tipo de lugar eu vim parar — resmungou Frigo, sendo logo interrompido pelo Espelho, que sentia imensurável necessidade de se sentir protagonista nas conversas.

Caso Quarto

— Escutem — falou o Espelho —, me lembrei daquele pastor que frequentava nosso estabelecimento todo engravatado, parecendo que vinha direto do culto. Ele chegava respeitoso, chamando as acompanhantes de irmã e tecendo elogios e, por fim, despia as incautas que geralmente eram tímidas. Elas surgiam trajando roupas comportadas e pouco confortáveis. Depois acabavam se entregando à luxúria sem tamanho. O mentor conduzia tudo e obtinha cada segundo de prazer que desejava. Suspeito que ele hipnotizasse suas vítimas, porque sempre falava em tom de autoridade e tocava nos ombros delas a cada momento que desejava dar um comando. Quando terminam, ele se mostra arrependido, pede perdão ao Todo poderoso e, de vez em quando, até rola uma lágrima. Ele encena um tipo de exorcismo em si mesmo antes de mudar de opinião, passa a afirmar que o mal está na acompanhante. Deixa claro que é ela quem traz a tentação no corpo para seduzir as almas santas e fazer com que elas se percam no pecado. Nesse instante, o guru se mostra piedoso e propõe realizar orações constantes para salvar a alma da mulher. Ele costuma repetir o ritual, mas nunca esteve nesta freguesia com a mesma “fiel”. —

Certa ocasião se desesperou, pois, a “irmã” não parava de chorar — emendou a Moldura do Quadro que continuou. — Foi tanta oração e esconjuro, que quase converteu até os lençóis. Aos poucos, ela se convenceu que tinha a Santa Missão de ajudar nas obras do pastor.

Fez aconselhamento, fechou os olhos e transformou a cama em um ninho iluminado de amor.

Da última vez que o vimos, a esposa dele apareceu com o filho. Ele não soltava um pio, enquanto a patroa xingava, ameaçava contar para os fiéis da igreja e o filho tentava apartar. O benevolente homem era moreno e, naquela situação, ficou roxo; a mulher lhe dava tapas e socos, e ele apenas se defendia com a Bíblia. Por fim, ela marchou em retirada dizendo que o esperava em casa para continuarem a conversa. Ficamos sabendo pelo primo do interfone que, ao chegar à recepção, a recepcionista cobrou o valor do período da esposa e ela, indignada, alegava que tinha entrado apenas para brigar com o marido. A recepcionista, no entanto, manteve-se inflexível, e argumentava: — Entrou aqui, passou da cancela, tem que pagar para sair. — Pelo que sabemos, ela pagou para sair e o pregador, de cabeça baixa, também fez o pagamento na saída, com a "seguidora" e a Bíblia do lado. — Na deixa da Moldura, o Espelho retomou a palavra.

Caso Quinto

— Neste mundo de hoje, as pessoas são muito precoces, mas antigamente não era assim. Ah, não! Não era mesmo. — Seguiu falando o Espelho. — Pode acreditar, alguns garotos começavam muito tarde, fosse por timidez, por falta de oportunidade ou algum outro motivo qualquer, eles demoravam para conhecer essas coisas do sexo. Pode parecer mentira, mas tudo era diferente. O pessoal daquela época fazia vista grossa para a questão de idade, e muitas meninas jovens entravam pela portaria com homens de todas as faixas etárias, principalmente os mais velhos. No entanto, era difícil ver rapazes abaixo da maioridade entrando aqui.

Uma certa feita entrou um rapaz que aparentava não ter mais do que dezessete anos, era tímido, mas estava eufórico. Sua acompanhante era uma mulher da vida acostumada a tirar a inocência dos garotos. Era bonita, talvez tivesse uns vinte e seis anos, mas rosto muito maquiado, para aparentar ser mais jovem. Exalava um cheiro forte de colônia de alfazema, suas roupas eram baratas e desgastadas. Ela mascava chiclete com a boca aberta, tinha o cacoete de retirar o chiclete dentre os dentes para olhá-lo, como se estivesse conferindo o desgaste; depois devolvia-o à ponta língua. Foi descrevendo o Espelho, como se estivesse revivendo a cena. — Ela questionou o rapaz — continuou o Espelho —, perguntando como ele queria o serviço. Timidamente, ele contou que tinha se encantado com a moça fazia alguns meses. Perguntou se ela se lembrava do dia em que ele esteve com um amigo na casa de Dolores, onde ela trabalhava — ela, jogando os ombros para trás respondeu que "não", emendando um "É tanta gente!"

— Era uma quinta-feira depois do dia de Reis. Você usava essa mesma roupa e uma flor no cabelo. Dona Dolores me viu espichando o olho e disse que você não era mulher para o meu bolso, mandou que eu escolhesse uma mais barata e que, para começar, já estava bom. Pediu para eu não importunar se não tivesse numerário, porque lá, tempo significava dinheiro: "muito dinheiro". — Falou exatamente dessa forma. — Eu saí dali de cabeça baixa, mas jurei que voltava quando tivesse todo dinheiro e não iria querer fazer lá não; eu queria te trazer para um lugar bacana, como este. Juntei meu dinheiro calado, conferia quase todo dia se ainda faltava muito. Você sabe que, no mercado, o povo paga uma miséria para gente levar as compras nas casas deles?

— Posso imaginar! — respondeu ela, que não parecia se importar muito com o que falava o jovem mancebo.

— É melhor a gente começar, o tempo está correndo. — Foi uma resposta dura para aquele garoto, que mesmo assim fingiu não se importar. — Poxa, que mulher dura — eu pensei. Enquanto isso, ela jogava o chiclete fora e tirava a roupa — continuava o Espelho. — O garoto também tirou a roupa e, longe de uma orientação ou experiência, foi para cima dela e mandou ver. Mal tinham começado e ele ouviu um barulho: "Crec... Crec..."

O rapaz olhou para um lado e para o outro até perceber que ela portava um pacote de biscoito do tipo Cream Cracker. Ela mastigava displicentemente, como fazia com o chiclete. Cena, broxante. O garoto mirrou, nada mais ficou de pé e ele foi embora, frustrado em sua iniciação. É provável, que ele nunca mais tenha olhado para um biscoito daqueles, na vida. Deu uma dor de cortar o coração, se eu tivesse um é claro... — o Espelho concluiu, de forma irônica.

Todos riram. Apenas o Espelho estava ali tempo suficiente para se lembrar destas histórias mais antigas; e até a cama já havia sido substituído desde a inauguração. O Espelho era a autoridade máxima naquele quarto, autoridade esta conferida por sua antiguidade, o que o permitia ser o conhecedor de todas as histórias, novas ou mais antigas.

Outra Pausa

Naquele fim de tarde, outro casal interessante chegou ao Motel. Ele era baixo, um pouco mais alto do que o tipo que chamam de anão; tinha um rosto comprido e o sorriso bruto. Na sua cabeça, maior que o habitual, usava um enorme chapéu "Panamá"; vestia terno de linho, como usam os coronéis do interior. Parecia ser um completo inútil, tão inútil como olhos verdes em gente feia. Devia vir de algum daqueles lugares onde a lei formal não dita a ordem e que, até para raiar o dia, o sol espera a concordância dos coronéis de plantão.

Ela, ao contrário, era grande, e visivelmente uma pessoa de classe. Cheia de vigor, onde a aflição não parecia ter vez, mas bom senso parecia não ter, caso contrário não teria saído com um indivíduo daqueles. O homem tirou o cinto e deu lhe uma chibatada na anca protuberante dizendo: — vamos, minha potranca. — Para uma mulher de classe, aquilo soou de forma insana, mas ela obedeceu. Ele tentava escalar aquela dama corpulenta — que também era enorme para os lados — de cima a baixo. Seu membro era inversamente proporcional ao seu tamanho, parecendo ser toda a vantagem que ele carregava na vida.

Via-se que ele não era bom de conversa, então seu carisma se devia ao poder que ele detinha; fosse o do dinheiro, da bala ou de ambos. Ele parecia disposto a escalar aquela mulher como se sua masculinidade estivesse em xeque e dependesse deste ato. Ela seguia passiva e obediente, gemia e grunhia sons inteligíveis, lembrava uma cena previamente ensaiada.

De repente, o tal "coronelzinho" soltou um grito gutural e se deixou escorregar daquele corpanzil. Acendeu um cachimbo, deu dois tragos e o deixou de lado. Se levantou olhando mais uma vez a mulher espichada na cama e, enquanto se vestia, declarou: — Isso valeu mais uma novilha, mande apanhar na fazenda.

Caso Sexto

Todos os procedimentos de limpeza e preparação do quarto foram refeitos pela camareira daquele turno que iniciava. Esta trazia a jovialidade nos ombros, e era rápida no serviço, de nenhuma forma lembrava o jeito sonhador da colega que a precedera.

Mal ficaram a sós e a Cadeira Erótica convocou a todos para ouvirem um caso. Queria contar sobre sua participação nas festinhas conjugais.

— E aí pessoal, vamos contar para o Frigo sobre a peça que eu preguei certa feita em um casal que frequentou este ambiente por muito, muito tempo? — disse a Erótica.

"Era um casal maduro." Ela por volta dos quase setenta anos e ele sem dúvidas estava acima dessa marca. Eles chegavam impreterivelmente por volta das 18 horas, nunca muito, além disso. Começavam pela hidromassagem, bebiam champanhe e ficavam muito tempo conversando entre a farta espuma que preparavam. Temperavam a água para ficar mais quentinha — porque é bom para relaxar e age contra a Artrite — era o que ela sempre procurava frisar. Depois trocavam carinhos, faziam o que vieram fazer e se sentavam para comer. Era comum, pedirem jantar e outras coisas, como um tira-gosto, mas sempre pediam com fartura. Comiam sem pressa, enquanto recordavam casos da juventude ou falavam sobre os filhos e netos. — Contava a Erótica, lembrando da cena: — Em determinada noite eles se mostraram a fim de uma coisinha mais picante. Uma aventura. Algo que fosse além dos costumes deles — como ela mesma sugeriu, maliciosamente. Acabaram resolvendo que eu, a Cadeira Erótica, poderia acrescentar o ar de picância que eles queriam para o momento.

Tomaram essa decisão depois de ler o panfleto que estava em cima da mesa, que dizia: "Se a vida do casal está uma mesmice na cama, a minha estrutura erótica vai ajudar, trazendo um prazer a mais. Não tenha medo, ela vai acrescentar a dose certa de aventura que vocês esperam". Pronto. Eu estava aqui esperando, é claro. — A Cadeira afirmou, dando uma pausa. Depois de alguns segundos, continuou sua história:

— A velhinha simpática deitou-se em mim de costas e o marido ficou em pé, ela colocou as pernas nos ombros dele, imitando uma das ilustrações que eles tinham visto no folheto. Começaram a extravagância. No começo tudo ia bem, até que ele começou a passar mal. A senhorinha gritava, vestindo-se às pressas, enquanto a recepcionista e outros funcionários corriam para verem o que ocorria: — Acudam meu marido! — Berrava a idosa. — Meu homem não pode morrer! Olha o que essa cadeira fez com ele. — O homem, pondo os bofes para fora, todo roxo, só fazia gestos de que não conseguia respirar. Tiveram que chamar o serviço de emergência, e eles nunca mais apareceram por aqui.

Naquela altura, o Abajur já parecia mais relaxado, e se mostrava menos ranzinza e até mais iluminado. Foi ele quem pediu ao Espelho que contasse outros casos, mas que fosse breve, pois a noite que começava, prometia ser intensa; logo muitos clientes ali adentrariam.

— Está bem! Arham...arham... — O espelho raspou a garganta e começou:

— A "fauna" que aqui aparece é variada, todo tipo de figura aparece por aqui. Lembram do caso do cara que mal sabia falar o próprio idioma e procurava gastar em outras línguas? Ele se apresentava como um vendedor de bugigangas, que batia pernas pelo mundo e ganhava dinheiro comprando alguma coisa, em algum lugar, para vender em outros. Devia colecionar casos amorosos por onde passava, as juras e promessas que fazia deviam ser as mesmas para todas. Depois de muito lero-lero e de parecer estar satisfeito, pronto para ir embora, enrolando a língua e misturando tudo ele disse: — Ouça minha deusa Romana, Io ti voglio bene, non capirmi a mala pena. You understand? Yo soy um hombre sincero! Da próxima vez eu te cobrirei de tesouros, mas pague a conta aí, porque hoje eu só tenho amor para dar. Capite?

Um marinheiro também aportou por estas bandas, veio direto do porto com uma acompanhante; ele chegou, inspecionou o ambiente e ajustou o ar-condicionado dizendo:

— Não gosto deste vento sul que bate nas minhas costas — ele dizia, justificando-se. A mulher tomou um longo banho, deixando o marinheiro inquieto. Ao se deitar na cama, ela fez carinha de dengosa e sussurrou:

— Vêm, meu amor. Ele se posicionou nu, em pé, diante dela e de mastro em riste, pronunciou: — Pode saudar o pavilhão — sem entender, ela soltou um sonoro "ahmm..." e recebeu a tradução:

— É quando hasteamos a bandeira na proa do navio, nosso momento solene. Agora está tudo safo, vire a estibordo ou a bombordo e se ponha de popa. — Ela entendeu que estava tudo bem e se pôs de costas, recebendo o elogio do marinheiro:

— Você parece uma miragem em alto-mar.

Ao terminar, ele delicadamente proclamou:

— Levantar âncora, içar as velas, é hora de partir. — Calmamente, ela se vestiu, e eles partiram.

A noite caiu e todos se calaram. O trabalho intenso reiniciava.

Fontes Esther corpo 30/16
Parable corpo 11
Projeto gráfico: libelula25editora@yahoo.com
Fotos da capa: Roccio Guijarro by Javier Sánches - @javi_indy
Ilustrações :Taiza Gabrielly e Darda Ávila
Foto do Autor : Érica Castro
Papel creme 75g

www.ingramcontent.com/pod-product-compliance
Ingram Content Group UK Ltd.
Pitfield, Milton Keynes, MK11 3LW, UK
UKHW041640190726
13854UKWH00006B/2601

9 786500 099010